Katrin Tschürlz

erhalten von Sylvie & Peter zur Sponsion 2006

Sergio Bambaren
Der Traum des Leuchtturmwärters

SERIE PIPER

Zu diesem Buch

Als Martin auf einer seiner Reisen der zauberhaften Paola begegnet, weiß er, daß sie die Frau ist, auf die er so lange gewartet hat. Auch für Paola ist es Liebe auf den ersten Blick. Gemeinsam suchen sie nach einem Ort für ihre Sehnsüchte, nach einem Platz, der nur ihnen beiden gehört. An der paradiesischen Küste Chiles entdecken sie die ideale Stelle: in der Nähe eines alten Leuchtturms mit Blick auf die faszinierenden Stimmungen des Meeres. So verlassen die Idylle auch wirkt – es gibt noch jemanden, der hier einst sein Glück gefunden hat, der vor langer Zeit Herr über den ehemals so stattlichen Leuchtturm, über Schiffe und Gezeiten war, der die Liebe seines Lebens traf und wieder verlor … Sergio Bambarens Buch ist eine berührende Geschichte über den Mut, den man braucht, um seine eigenen Träume wahr zu machen – und zu erkennen, daß es die ganz große Liebe nur einmal im Leben gibt.

Sergio Bambaren, geboren 1960 in Peru, gelang mit »Der träumende Delphin« (1998) auf Anhieb ein internationaler Bestseller. Er gab seinen Ingenieurberuf auf und widmete sich fortan ganz dem Schreiben und seiner Leidenschaft für das Meer. Nach längerem Aufenthalt in Sydney lebt er heute wieder in Lima. Zuletzt erschienen auf deutsch »Stella. Ein Weihnachtsmärchen«, »Die Botschaft des Meeres« und »Die Zeit der Sternschnuppen«.

Sergio Bambaren
Der Traum des Leuchtturmwärters

Ein Ort für deine Sehnsüchte

Aus dem Englischen von
Gaby Wurster

Mit zehn farbigen Illustrationen von
Heinke Both

Piper München Zürich

Kontakt zum Autor: sbambaren@compuserve.com

Von Sergio Bambaren liegen in der Serie Piper vor:
Der träumende Delphin (2941, 4298)
Ein Strand für meine Träume (3229, 4299)
Samantha (3611)
Der Traum des Leuchtturmwärters (3643, 4300)
Das weiße Segel (3711)
Stella. Ein Weihnachtsmärchen (4003, 4301)
Die Botschaft des Meeres (4284)

Sonderausgabe
Januar 2002 (SP 3643)
Dezember 2004

Englischer Titel:
»The Guardian of the Light. Tales of a Lighthouse Love«
Umschlag: Büro Hamburg
Isabel Bünermann, Heike Dehning,
Charlotte Wippermann, Katharina Oesten
Umschlagabbildung: Anna-Berna Hillejan (oben)
und Garry Black / ZEFA (unten)
Autorenfoto: Peter von Felbert
Satz: Wirth, München
Druck und Bindung: Clausen & Bosse, Leck
Printed in Germany ISBN 3-492-24300-2

www.piper.de

Für Paola,
die im wahren Licht steht

Alles hat seine Zeit. Auch die Liebe.
Und das Gefühl für das, was man fühlen sollte.
Elvira

Wer nichts riskiert, setzt alles aufs Spiel.
Samuel

Vorbemerkung des Autors

Nie werde ich vergessen, wie ich zum erstenmal einen Leuchtturm sah.

Ich war damals ein Kind von fünf oder sechs Jahren und machte große Augen vor Ehrfurcht. Dieser Wächter am Rande der Klippen, der Schiffe und erschöpfte Matrosen sicher durch tückische Gewässer führte, sprach sofort mein Herz an. Wie konnte ein einzelnes Licht für so viele Menschen von so großer Bedeutung sein? Wie konnten so viele Menschen diesem Licht und jenen vertrauen, die darüber wachten?

Wenn ich heute, als Erwachsener, Leuchttürme betrachte, verstehe ich, warum mich diese wundervollen Warntürme stets so fasziniert haben. Ich bin tief beeindruckt von dem gleißenden Lichtstrahl und dem Zweck, den er erfüllt: Schiffe und ihre Besatzungen zu leiten. Bei Regen und Sturm, bei Nebel und Dunst – das Licht ist immer da, hinter der Glaslinse und der Glaswand, die das Licht bündeln und weit hinaustragen.

Trotzdem strahlt das Licht erst dann heller, wenn es die gläserne Wand durchbrochen hat.

Solche Wände stellt das Leben auch vor uns auf.

Gläserne Wände. Sie sind überall. Wir können sie nicht sehen, aber wir wissen, daß sie da sind. Sie machen den Weg zu unserer Bestimmung noch steiniger, noch schmerzlicher. Könnten wir die einengenden Grenzen überschreiten, würden wir im helleren Licht stehen und alles ganz klar sehen, dann würden wir die Wahrheit erkennen, wie sie wirklich ist: nackt und wunderbar.

Leichter gesagt als getan.

Und doch gibt es die gläsernen Wände nur in unseren Köpfen und in unseren Herzen.

Indem die Welt immer mehr zusammenwächst und erfundene

Grenzen durch die Globalisierung an Bedeutung verlieren, können wir merken, daß der beste Weg, unser wundervolles Abenteuer Leben zu genießen, Ehrlichkeit mit uns selbst ist. Wir können es schaffen, wir selbst zu sein, unseren Überzeugungen zu vertrauen und sie mit anderen zu teilen; wir können das Leben, das wir uns erträumten, ans Licht bringen. Und uns von den Ketten befreien, die wir einzig und allein in unseren Köpfen und in unseren Herzen tragen.

Wir können wie Leuchttürme sein, deren Strahl die gläserne Wand durchdringt und zur Wahrheit führt.

Santiago

Geschäftsreisen muß man machen, auch wenn sie öde sind. Um die nötigen Auslandskontakte herzustellen und ein Geschäft zum Laufen zu bringen, muß man eben reisen.

Mein Ziel war Santiago de Chile, eine moderne, geschäftige Stadt am Fuße der Anden. Ich lebte damals in Lima, wo ich mich einige Monate zuvor niedergelassen hatte. Geboren bin ich in Sydney, dort wurde ich zum passionierten Surfer, und nach dem weit entfernten Peru war ich ausgewandert, weil ich gehört hatte, daß dort die tollsten Wellen an die Küste schlagen.

Der Hauptgrund für den Umzug war jedoch mein Wunsch, meinem Leben einen Sinn zu geben, ich wollte Menschen helfen, die im Erreichen ihrer Ziele nicht soviel Glück hatten wie ich. Nachdem ich so viele Geschichten gehört hatte über Armut und Not und den Überlebenskampf gegen alle Widrigkeiten, wollte ich wissen, wie Menschen in einem unterentwickelten Land leben. Ich war Anfang Vierzig, finanziell unabhängig, und ich hatte den Traum, anderen zu helfen, indem ich das berufliche Können anwandte und weitergab, das ich mir in zwanzig Jahren im Bereich Marketing und Verkauf von Lebensmitteln angeeignet hatte. Ich wollte eine Firma gründen, wo unterprivilegierte Menschen neue Fähigkeiten erwerben könnten und so die Möglichkeit hätten, für sich und ihre Familie eine vielversprechende Zukunft aufzubauen. Mit den Gewinnen der Firma wollte ich Schulen für Bedürftige bauen, wo sie einen guten Start ins Leben bekommen sollten.

Wenn es in diesem wundervollen, fremden Land, dem Land der Inka, eine gute Dünung gab, surfte ich regelmäßig nach der Arbeit, wie ich es als Kind an den fernen Stränden von Oz getan hatte. Immer noch gleite ich begeistert über Wellenkämme; das schenkt mir ein einzigartiges Gefühl, das Gefühl, lebendig zu sein, ewig zu leben, in guten wie in schlechten Zeiten.

Doch es war mir unangenehm, an einem Ort zum Surfen zu gehen, wo mich so viel Armut umgab. Ich fand es nicht fair. Ich war in einem hochentwickelten Land geboren und konnte den Gedanken nicht ertragen, ein bequemes Leben zu haben, wo es so viel Hunger gab, so viel Not. Mit der Zeit gewöhnt man sich an alles, und viele Menschen in Dritte-Welt-Ländern schenken Kindern, die um ein paar Münzen oder eine Brotrinde betteln und auf der Straße verhungern, überhaupt keine Beachtung mehr. In solchen Gesellschaften ist es normal, daß Arm und Reich nebeneinander leben. Ich konnte es jedoch nicht mit ansehen, ich wollte etwas dagegen tun. Der einzige Schatz im Herzen der Armen ist die Hoffnung, daß ihnen irgendwann einmal jemand die Chance gibt, ihre Lebensqualität zu verbessern. Anstatt also auf die Abgeklärten zu hören, die mir sagten: »Das Problem ist zu groß, du kannst nichts ausrichten«, sagte ich mir: »Lebe deinen Traum, Martin, schaffe etwas aus dem Nichts, hilf denen, die nicht soviel Glück hatten wie du selbst. Und wenn es schwierig wird, laß dich immer von deinem Traum leiten.«

Und so kam ich nach Santiago de Chile, um Geschäftskontakte zu knüpfen, die ich für die Verwirklichung meines Traums brauchte.

In Lima hatte ich eine kleine Firma gegründet; ich importierte Käse und Wein aus Australien, wo es hervorragenden Wein und ausgezeichnete Milchprodukte gibt. Um nun mein Käsesortiment mit chilenischen Produkten zu erweitern, reiste ich nach Santiago.

Doch auf Geschäftsreisen langweilt man sich manchmal und fühlt sich schrecklich allein.

Nachdem ich alle Termine wahrgenommen hatte, hatte ich vor dem Rückflug nach Lima noch einen freien Abend. In Santiago war es schon Sommer, die Tage waren heiß und schwül, die Abende jedoch angenehm kühl.

Ich war hundert Kilometer im Landesinneren und fühlte mich wie immer verloren, wenn ich so weit vom Meer entfernt war. Da ich nichts Besseres zu tun hatte, ging ich zu Fuß in ein Stadtviertel, das mir der Hotelangestellte empfohlen hatte; dort gebe es Restaurants, Bars und Cafés, wo ich bei einem Glas ausgezeichneten chilenischen Weins das Treiben beobachten könnte.

So kam ich in die Calle Suecia, eine Straße voller Lokale, wo die Einheimischen sich nach der Arbeit treffen.

Ich schlenderte eine Weile herum und setzte mich schließlich auf die Terrasse eines ruhigen, aber ansprechenden Cafés.

»Was darf's sein, Señor?« fragte der Kellner freundlich.

»Ein Glas chilenischen Rotwein. Können Sie mir etwas empfehlen?«

»Oh, wir haben einen vorzüglichen *Caliterra* Cabernet Sauvignon von 1998, an Körper reich, kräftiges Bukett. Dazu würde am besten eine Käseplatte passen.«

»Hervorragend!«

»Sehr wohl, Señor.«

Kaum fünf Minuten später kam der Kellner mit einer kleinen Auswahl einheimischer Käsesorten und einer Flasche Wein wieder. Behutsam zog er den Korken, ließ den Wein einen Augenblick atmen und schenkte ein. »Es gibt keine bessere Gesellschaft als ein gutes Glas Wein. Zum Wohl!«

»Das ist wahr. Danke.«

Und tatsächlich, der Wein war kraftvoll: kirschrot, Eichennote, intensives Bukett, langer Abgang.

»Eine ausgezeichnete Empfehlung«, sagte ich zum Kellner.

»Danke, Señor.«

Ich saß eine gute halbe Stunde in der wohltuend frischen Luft und dachte, wie sehr ich Käse und Wein doch liebte.

Ich trank aus und bat um die Rechnung. Ich wollte ins Hotel zurückspazieren, früh zu Bett gehen und am nächsten Morgen mein Flugzeug nehmen.

»Kaufen Sie meine Rose, Señor!«

»Wie bitte?«

»Kaufen Sie meine Rose, Señor, es ist meine letzte. Wenn ich sie verkauft habe, darf ich nach Hause gehen.«

Ich blickte das kleine Mädchen an. Sie war nicht älter als fünf oder sechs, ihre Kleider waren zerrissen, sie sah schmutzig und hungrig aus und hatte für ein paar Pesos wohl den ganzen Tag in glühender Hitze und im kalten Abendwind gearbeitet, um ihre Familie zu unterstützen. Wie immer wollte ich zuerst sagen: »Nein, danke«, doch dann wurde mir klar, daß man die Welt nicht mit Worten, sondern nur mit Taten besser macht. Wenn ich also anderen helfen wollte, wie ich es mir vorgenommen hatte, gab es kein Nein mehr, vor allem nicht für ein Mädchen dieses Alters, das eigentlich in die Schule gehen oder mit Freunden spielen sollte. Sie hatte eine schlechte Ausgangsposition im Leben, aber immerhin bettelte sie nicht, sondern arbeitete.

»Gut, ich nehme die Rose.«

»Gracias, Señor.« Ihre Augen strahlten, und sie lächelte, wie nur Kinder lächeln können.

»Wieviel?«

»Mil Pesos, Señor.«

Ich gab ihr das Geld. »Und jetzt geh nach Hause.«

»Wem soll ich sie geben?«

»Wie bitte?«

»Die Rose, Señor. Wem soll ich sie geben?«

»Ich weiß nicht.«

Am Nebentisch saßen vier junge Damen, Chileninnen, wie ich hörte, denn sie sprachen, wie es nur die Menschen dieses wundervollen Landes tun – sie sprachen nicht, sie sangen.

»Gib sie einer Dame am Nebentisch. Aber sag nicht, von wem sie ist.«

»In Ordnung, Señor.«

Das Mädchen tat, wie geheißen. Ich sah nicht, wem sie die Rose gab, ich dachte nur an den Rückweg zum Hotel.

Die Rose

Die vier Damen waren allem Anschein nach alte Freundinnen, die sich nach einem harten Arbeitstag entspannten.

»Señorita?«

»Ja?« sagte eine der vier.

»Die Rose ist für Sie, Señorita.« Das Mädchen gab ihr die Blume.

»Danke. Von wem?«

»Das darf ich nicht sagen.«

»Warum nicht?«

»Der Señor will es nicht.«

»Hm. Gut. Dann geh jetzt nach Hause, es ist spät. Danke noch mal.«

Ich hatte mittlerweile bezahlt und stand auf.

»Señor?« Noch einmal das kleine Mädchen.

»Bist du immer noch da? Du solltest längst zu Hause sein, du hast sicherlich einen weiten Weg und ...«

»Señor, die Damen am Nebentisch lassen fragen, ob Sie ihnen Gesellschaft leisten wollen.«

»Was?«

Zwei von ihnen winkten herüber.

»Ich habe dir doch gesagt, daß du nicht verraten sollst, von wem die Rose ist!«

Aber nun war es raus. Schüchtern, wie ich bin, und mit zitternden Knien ging ich zu ihrem Tisch.

»Bitte, setzen Sie sich doch!« sagte eine mit der melodischen Aussprache der Chilenen.

»Danke, ich bin Martin.«

»Maria Soledad, Maria Pia, Maria Loreto und Maria Paola – ob Sie es glauben oder nicht, so heißen wir.«

»Die vier Marien?«

»Ja!«

Wir lachten.

Maria Paola sagte: »Danke für die schöne Rose.«

»Welche Rose?«

»Die Sie mir schicken ließen.«

Ich sah mich um, und das Mädchen rannte lachend weg.

»Sie hat es Ihnen gesagt!«

»Nun, ja. Aber es war nicht einfach, es aus ihr herauszubekommen. Als ich sie fragte, von wem die Rose sei, sagte sie, das dürfe sie nicht verraten. Doch nach einer Minute kam sie wieder zurück. ›Was ist?‹ fragte ich. ›Señorita‹, sagte sie, ›ich habe den ganzen Tag gearbeitet und habe immer noch eine Rose übrig, wenn ich sie verkauft habe, kann ich nach Hause gehen. Bitte, kaufen Sie die Rose, und dann sage ich Ihnen auch, von wem die andere Rose ist …‹«

Paola

So trat Paola in mein Leben. Dafür danke ich dem armen, unschuldigen, aber schlauen Kind.

Die Zeit verging schnell an jenem Abend. Wir unterhielten uns bestens, die vier Chileninnen waren eine wundervolle Gesellschaft, wir hatten viel Spaß miteinander. Wir tranken ein zweites Glas und schließlich ein drittes.

Mein Vorsatz, früh zu Bett zu gehen, verflüchtigte sich, aber ich dachte: Egal, ich kann ja im Flugzeug schlafen.

Während des Gesprächs merkte ich, daß Paola mich so ansah, wie auch ich sie ansah. Als wären die drei anderen gar nicht mehr da, hatte ich nur noch Augen für sie. Und ich spürte, daß es ihr genauso erging.

Doch die Zeit ist unerbittlich. Die Stunden vergingen, am nächsten Tag müßte ein jeder wieder seiner Arbeit nachgehen, auch ich. Und ich durfte mein Flugzeug nicht verpassen.

Die vier Marien verabschiedeten sich von mir nach lateinamerikanischer Sitte mit einem Kuß auf die Wange, und ich dankte ihnen für den schönen Abend. Paola war die letzte.

»Kann ich Sie wiedersehen?« fragte ich.

»Wie bitte?«

»Kann ich Sie wiedersehen?«

»Ich … ich muß meine Freundinnen nach Hause fahren. Morgen ist Mittwoch, ich muß früh aufstehen …«

»Ich meine, kann ich Sie *heute nacht* wiedersehen?«

Sie lächelte. »Mal sehen …«

»Großartig! Ich warte hier.«

Sie ging, und ich dachte: Sie kommt nicht wieder. Wir kennen einander ja kaum. Sie wohnt in Santiago, ich in Lima. Ich fliege morgen zurück, sie geht in ihr Leben zurück.

Es war lächerlich. Aber so lächerlich viele Dinge auch erscheinen mögen, die Welt ist voller Wunder für diejenigen, die auf ihr Herz hören. Also wartete ich. Und wartete. Und wartete. Schließlich zahlte ich und ...

»Martin?«

Ich drehte mich um. Da war sie. Langsam kam sie auf mich zu und holte tief Luft. Ich stand auf und küßte sie zärtlich auf die Wange.

»Ich dachte, Sie würden nicht zurückkommen.«

»Der Duft haftet dem an, der eine Rose bekommt«, sagte sie.

»Danke.«

Wir setzten uns, tranken noch ein Glas und erzählten uns gegenseitig unser Leben. Für den Rest der Nacht zählten nur noch Paolas strahlende, lebhafte Augen.

Sie war einunddreißig und arbeitete seit ihrem Studium in einem Architekturbüro in Santiago. Sie war diese Arbeit leid und brauchte eine Veränderung. Und sie wollte von zu Hause ausziehen, denn sie lebte immer noch bei ihren Eltern im »Nest«. Sie hatte das Gefühl, es sei an der Zeit, flügge zu werden und ihr eigenes Leben zu beginnen. Doch zu allem Unglück hatte ihr Vater vor einigen Jahren einen Herzinfarkt, die Mutter vor kurzem einen Schlaganfall erlitten, und Paola fühlte sich verpflichtet, bei ihnen zu bleiben und sich um sie zu kümmern.

Und sie erzählte mir auch, daß sie in drei Tagen Geburtstag hätte. So gaben wir uns an jenem Abend gegenseitig ein Versprechen. Auf einer Serviette verfaßte ich ein paar Worte, unterschrieb und gab sie ihr. Sie lächelte und unterschrieb auch. Und als wir uns verabschiedeten, bauschte der kühle Wind von Santiago die Serviette, auf der geschrieben stand:

Paola, ich verspreche, daß ich zu Deinem Geburtstag nach Santiago komme.

Ich warte auf Dich. Versprochen, Martin.

Schicksal

Beim Aufwachen konnte ich nur an eines denken: Ich mußte Paola wiedersehen, bevor ich nach Lima zurückflog.

Ich rief die Nummer an, die Paola mir am Abend gegeben hatte. Es läutete viermal, dann hörte ich eine verschlafene Stimme: »Ja?«

»Hallo, Paola.«

»Hallo, Martin.«

»War es schön für dich gestern abend?«

»Mehr als das, es war phantastisch! Ich habe mich schon lange nicht mehr so gut mit jemandem verstanden.«

»Ich auch nicht.« Trotz des Telefons fühlte ich mich ihr so nahe wie am Abend zuvor. Ich hielt eine Sekunde inne, holte tief Luft und fragte: »Was hast du heute vor?«

»Ich will dich sehen.«

Ich war sprachlos. Plötzlich fühlte ich mich wie fünfzehn!

»Ich rufe dich in fünf Minuten wieder an.«

»Ich warte«, sagte sie.

Die Wege des Lebens sind manchmal unergründlich. Ich weiß nicht, warum, aber in jenem Moment, als Paola sagte: »Ich will dich sehen«, klangen diese vier Wörter so selbstverständlich, so richtig, so herzlich, daß ich wußte: Sie ist es. Sie ist diejenige, die ich so lange gesucht hatte.

Ich rief bei LAN-Chile an.

»Guten Morgen, was kann ich für Sie tun?«

»Ich hatte eine Reservierung für 11.30 Uhr nach Lima. Kann ich umbuchen und die Abendmaschine nehmen?«

»Ich fürchte fast, das geht nicht mehr, Sir.«

»Bitte versuchen Sie es! Wissen Sie, ich habe gestern abend die

Liebe meines Lebens getroffen, und ich habe ihr versprochen, daß wir den Tag zusammen verbringen.«

Die Dame am anderen Ende der Leitung lachte. Sie fragte nach meinem Namen und der Flugnummer. »Warten Sie bitte, Señor.«

Ich wartete und dachte: Es ist schon seltsam. Wenn die Abendmaschine ausgebucht ist, muß ich Paola verlassen und werde sie vielleicht nie mehr wiedersehen. Aber wenn ich noch einen Platz bekomme, haben wir einen wundervollen Tag vor uns, und das ist vielleicht der Beginn einer wundervollen Liebe.

Schicksal. Was heißt das? Ein bißchen Glück, ein bißchen Vertrauen? Eine starke Hand, die irgendwo im Himmel eine Entscheidung für uns trifft?

»Sie haben Glück, Sir«, meldete sich die Dame wieder. »Wir haben noch einen Platz in der Abendmaschine, es ist der letzte.«

»Ich nehme ihn!«

»Geht in Ordnung, Sir.«

»Vielen Dank.«

»Keine Ursache, Sir. Haben Sie einen schönen Tag in Santiago!«

»Bestimmt!«

»Sir?«

»Ja?«

»Hoffentlich ist es auch die Liebe Ihres Lebens.«

»Das hoffe ich auch! Viele Menschen suchen ihr Leben lang ihre Herzensliebe und finden sie nicht.«

»Wenn Sie an das Schicksal glauben, Sir, muß ich Ihnen etwas sagen: Als ich die Passagierliste der Abendmaschine checkte, war alles belegt. Und gerade als ich Ihnen das sagen wollte, rief jemand an und hat storniert.«

Ich brachte keinen Ton heraus.

»Sir? Sir?«

Glück? Vertrauen? Die starke Hand Gottes?

Ich werde es wohl nie erfahren, ich weiß nur, daß es Wunder gibt und daß die Wege des Lebens manchmal unergründlich sind, aber wundervoll.

Ich rief Paola an und sagte ihr, daß ich umgebucht hätte und wir den Tag zusammen verbringen könnten.

Ich duschte, zog frische Jeans an, ein braunes Hemd und braune Lederschuhe, ich kämmte mich und ging hinunter in den Speisesaal, dessen Fenster auf den Hotelparkplatz hinausgingen. Aus einer kleinen bemalten Tasse trank ich schwarzen Kaffee und wartete auf Paola. Auch andere Hotelgäste saßen schon beim Frühstück. Der Tag war klar und strahlend blau, kein Wölkchen trübte den Himmel.

Ich las die Lokalzeitung, da hörte ich einen Wagen kommen. Es war Paola. Das Adrenalin schoß durch meinen ganzen Körper.

Sie stieg aus, schloß den Wagen ab und betrat den Speisesaal. Sie lächelte, als sie mich sah. Ich lächelte auch.

»Hallo.«

»Hallo.« Ich stand auf und küßte sie. Ich sah, daß sie Gänsehaut bekam.

Sie war sehr groß, ihr langes braunes Haar glänzte wie Gold in der Morgensonne Santiagos. Sie war atemberaubend schön, aber am schönsten waren ihre Augen. Wer in diese Augen blickte, schaute den Himmel!

»Hast du gut geschlafen?« fragte ich.

»Ja, auch wenn es eine kurze Nacht war.«

»Wohin gehen wir?«

»Magst du moderne Kunst?«

»O ja.«

»Dann gehen wir in den Park am Mapocho, dort stehen tolle Skulpturen von Künstlern aus der Stadt.«

Wir fuhren zehn Minuten mit ihrem Wagen, parkten, stiegen aus und gingen zum schimmernden Río hinunter, der durch Santiago fließt. Hinter alten Bäumen führte ein Pfad in einen kleinen Park, wo man den Eindruck hatte, man sei auf dem Land und nicht mitten in einer der größten Städte Lateinamerikas. Wir schlenderten durch die Anlage, wo wunderschöne Plastiken aus Granit und Holz ausgestellt waren. Am besten gefiel mir, daß die Werke so sorgfältig plaziert waren und wie ein integraler Teil der Landschaft wirkten. Vögel huschten zwischen Bäumen und Plastiken umher, wo sie auch ihre Nester hatten, und die roten, blauen und gelben Farbtupfer verliehen der Szenerie noch zusätzlich Lebendigkeit. Kolibris saugten Nektar aus leuchtend bunten Blumen, die hohen Bäume spendeten Schatten, die kühle Brise vom Fluß machte aus dem Park den Himmel auf Erden.

Wir setzten uns auf eine Bank am Fluß, ich sah in die wirbelnden Wellen.

»Gefällt es dir hier?« fragte Paola.

»Es ist wunderschön!«

»Hierher komme ich, wenn ich den Sorgen der Welt entfliehen will.«

»Ist es deine geheime Zuflucht?«

»Ja. Manchmal fehlt mir das Meer so schrecklich.«

»Magst du das Meer?«

»Ich liebe es! Als ich klein war, bin ich mit meinen Eltern und meinen Schwestern immer an den Strand gefahren, nach Viña del Mar, ein Feriendorf hundert Kilometer westlich von hier. Mein Großvater hatte dort eine Wohnung. Noch heute sind die Erinnerungen an damals meine glücklichsten!«

»Fährst du denn nicht mehr dorthin?«

»Selten. Ich habe viel zu tun und kann nicht oft ans Meer fahren; zwei Stunden Fahrt ist zuviel.«

Erinnerung ist das Festhalten von Dingen, die wir lieben und niemals vergessen wollen, dachte ich. Für Paola und mich war das Meer der Ort, wo wir so viele zauberhafte Momente und so viele wundervolle Dinge erleben durften.

Ich sah sie an. »Paola?«

»Ja?«

»Ich würde dir gerne etwas erzählen.«

»Erzähl!«

»Vor einiger Zeit war ich in Portugal surfen. Dort nahm ich

mir vor, in ein unterentwickeltes Land zu ziehen und meinen Traum wahr zu machen.«

»Und was ist dieser Traum?«

»Ich will meine beruflichen Fähigkeiten weitergeben und Menschen helfen, die nicht soviel Glück im Leben hatten. In meiner Firma bilde ich Leute aus, damit sie bessere Lebenschancen bekommen und ihre eigenen Träume verwirklichen können.«

Sie stand auf und sah mich an. »Du arbeitest also für nichts?«

»Ganz im Gegenteil! Ich arbeite für etwas, das wichtiger ist als Geld, ich arbeite an meinem Traum. Und ich habe das Glück, am Meer leben und auf meinen geliebten Wellen reiten zu dürfen.«

Paolas Augen leuchteten.

»Hast du auch einen Traum?«

»Ja«, sagte sie.

Ich hielt ihre Hände und umarmte sie, sie küßte mich zärtlich.

Und dann geschah ein Wunder. Ich kannte sie noch nicht einmal vierundzwanzig Stunden, aber als ich in ihre wunderschönen braunen Augen sah, sprach mein Herz zu ihr: »Ich habe so lange auf dich gewartet, Paola.«

Sie lächelte und küßte mich wieder.

»Ich habe mein ganzes Leben auf dich gewartet, Martin.«

Ein Ort zum Träumen

Wie versprochen kehrte ich nach zwei hektischen Tagen nach Santiago zurück. Doch in jenen zwei arbeitsreichen Tagen in Lima fühlte ich mich wie neugeboren; ein Gefühl, das ich lange nicht mehr gehabt hatte, füllte mich nun wieder aus.

Ich muß nicht sagen, daß Paola mehr war, als ich je vom Leben erwartet hatte. Sie war klug, sie war brillant, sie war atemberaubend schön und sie war eine wundervolle Gesprächspartnerin, kurz, sie war alles, was ich mir je erträumt hatte.

Wieder einmal hatte mich mein Gespür nicht im Stich gelassen. Mit ihr könnte ich mein Leben verbringen, und so eine Frau wie sie würde ich nie wieder finden.

Ihren Geburtstag feierten wir bei ihren Eltern. Sie hatte ihre engsten Freunde eingeladen, auch die drei anderen »Marien«. Wir verbrachten einen wunderschönen Abend, und ich hatte Gelegenheit, Paolas Welt zu entdecken.

Von Anfang an jedoch spürte ich, daß ihre Eltern gegen unsere Verbindung waren. Es kam für sie völlig unerwartet, daß sich ihre Tochter in einen Fremden, noch dazu in einen Ausländer verliebt hatte.

Wenn Paola mit ihren Eltern zusammen war, wirkte sie sehr unsicher, denn sie hatte nie die Möglichkeit gehabt, sich als eigenständigen Menschen kennenzulernen. Ihr Alltag war bestimmt von ihrer Arbeit und von ihren Eltern. Ihr Vater war sehr autoritär und konservativ und benahm sich eher als Chef denn als Vater.

Zuerst maß ich dieser Tatsache keine große Bedeutung bei, ich glaubte, es spielte keine Rolle, doch mit der Zeit mußte ich begreifen, wie sehr ich mich geirrt hatte.

Unsere Liebe erblühte mit dem Jahr. Paola war entzückt von all den Geschichten, die ich ihr über meine Surfurlaube auf der ganzen Welt, über meine Abenteuer und meine Träume erzählte. Und sie hatte genauso viele Träume wie ich. Sie wollte am Meer leben, wollte eine Familie haben und ein Haus, das sie als Architektin selbst entwerfen würde, und sie wollte ihr Leben mit einem Menschen teilen, den sie liebte. Wie alle Menschen hatte auch Paola viele Ziele, die ihr am Herzen lagen, und in der Tiefe unserer Liebe schien sie einen Weg zu diesen Zielen und Träumen gefunden zu haben. Und so genossen wir jeden Tag, den das Leben uns schenkte, wir lebten im Hier und Jetzt, erinnerten uns mit Freude an die Vergangenheit und planten die Zukunft.

Nachdem wir über ein Jahr zusammen waren, reisten wir nach Europa. Ich wollte ihr zeigen, wie groß die Welt war, daß es unzählige Möglichkeiten gab, das Leben zu leben, und daß sie nicht auf den einen Pfad beschränkt war, der ihr als Lebensweg aufgezeigt worden war. Traurig waren wir immer nur dann, wenn die Reise zu Ende ging und ein jeder wieder in seine eigene Welt zurückkehren mußte. Sie ging zurück zu ihren Eltern, die sie so sehr brauchten, ich ging zurück nach Lima und kümmerte mich ums Geschäft.

Aufgrund ihrer konservativen Haltung waren die Eltern gegen unsere langen, weiten Reisen. Sie waren der Meinung, nur verheiratete Paare sollten zusammen verreisen. In einer Gesellschaft wie der ihren war vor allem der äußere Schein wichtig, die Meinung anderer zog sich noch immer bestimmend durch das Alltagsleben wie ein Fossil.

»Warum fühlst du dich schuldig? Warum nimmst du Rücksicht auf die Meinung deiner Eltern?« fragte ich sie immer. »Du bist einunddreißig Jahre alt, du bist eine wundervolle Frau, du tust nichts Böses. Ist es denn schlimm, wenn wir die Liebe leben, die wir füreinander empfinden?«

»Sie sehen es eben anders. Und aus irgendeinem Grund fühle ich mich schuldig.«

Ich kannte den Grund. Sie hatte die Nabelschnur nie durchtrennen können, sie war immer noch das Kind ihrer Eltern und mußte sich nach den Regeln richten, die man ihr vorgegeben hatte. Sie hatte nicht den Mut, die Glaswand zu durchschreiten und sich bewußt zu machen, wer sie war und welches Leben sie führen wollte.

»Unsere Seelen sind miteinander verbunden«, sagte sie einmal zu mir, »deshalb tut jede Trennung so weh. Wenn wir zusammen sind, kann ich mich frei ausdrücken und werde dafür geschätzt.«

Sie hatte recht. Unsere Liebe war stärker denn je, und in unseren Herzen wußten wir, daß es Zeit war, einen Ort zu finden, an dem wir immer zusammensein könnten, einen kleinen Ort auf dieser Erde, den wir unser Zuhause nennen und an dem wir unseren eigenen und einzigartigen Himmel erbauen könnten.

Ich hatte gehört, daß es in Südchile eine tolle Brandung gibt – was nur wenige wissen. »Das Wasser ist zu kalt«, sagen die einen, »es ist zu gefährlich«, die anderen. Aber die Wahrheit sieht nur, wer mit eigenen Augen schaut. Also packte ich die wenigen Habseligkeiten zusammen, die ich beim Surfen brauche – mein treues Brett, meinen Neoprenanzug und meine Gitarre –, und machte Urlaub mit meinem chilenischen Freund Max, den ich in Viña del Mar kennengelernt hatte.

Nach mehrstündiger Fahrt über die Küstenstraße kamen wir schließlich in die kleine Ortschaft Curanipe. Alex, der Arzt des Orts, selbst ein Surfer, hieß uns herzlich willkommen. Es war später Nachmittag, ein Gewitter hatte kurz zuvor das helle Tageslicht in matt schimmerndes Gold verwandelt, das ich so gerne in eine Flasche gefüllt und für immer aufbewahrt hätte.

»Und? Gute Wellen hier?« fragte ich.

»Das mußt du selbst erleben.« Er deutete in die Ferne.

Ich konnte es nicht glauben. Vor seinem Haus rollte sich eine perfekte Welle immer wieder ein.

»Wow!« rief ich mit der typischen Begeisterung eines Surfers, der einen neuen Platz entdeckt hat.

»Es kommt noch besser!« sagte Max. »Es gibt ein paar Stellen in der Nähe, wo das ganze Jahr hindurch dieselbe Dünung herrscht.«

Ich konnte es nicht glauben. Lachend umarmte ich die beiden Chilenen, die mir ihr privates Stückchen vom Paradies gezeigt hatten.

»Aber erzähl's nicht herum!« baten sie. »Zeige diesen Ort nur Leuten, die ihn auch zu schätzen wissen. Genießen wir es, solange es geht. Und nimm Rücksicht auf die hiesigen Surfer.«

Es ist ein ungeschriebenes Gesetz, daß man in einem fremden Land den Einheimischen den Vortritt läßt. Dann teilen sie auch ihre Wellen und ihre Geschichten mit den Gästen: die größte Welle des Südens, die vor einigen Jahren heranrollte und jedes Brett und jeden Surfer verschlang, der sich in die Brandung wagte; oder damals, als sich lauter Delphine und Seelöwen im Wasser tummelten und alle Surfer diese wundervollen Geschöpfen bestaunten ...

»Das ist das Glück, oder?« fragte ich.

Max drehte sich um und sagte: »Martin, wer das Meer in seiner ganzen Tiefe ausgelotet hat, ist danach nicht mehr derselbe.«

Diese Worte werde ich niemals vergessen.

Am selben Tag noch eilte ich nach einem wundervollen Surfabenteuer mit Max und Alex ans Telefon und rief Paola in Santiago an.

»Hallo, Martin.«

»Ich hab's gefunden, Paola!«

»Wirklich? Wie sind die Wellen?«

»Tausendmal toller, als ich dachte.«

»Und die Landschaft?«

»Unglaublich! Überall Pinienwälder, steile Klippen – es wird dir die Sprache verschlagen, du wirst es lieben!« Ich hielt einen Moment inne, dann sagte ich: »Nun können wir immer zusammensein und gemeinsam unseren Traum leben.«

»Bist du sicher?«

»Paola, wer nichts im Leben riskiert, setzt alles aufs Spiel, meinst du nicht auch?« Mehr konnte ich nicht sagen. Tränen liefen mir übers Gesicht.

Paola am anderen Ende der Leitung weinte auch.

»Wir werden frei sein zu träumen. Für immer.«

Die Suche

Wir suchten einen Ort, an dem ich meinen Gedanken und Träumen nachhängen konnte, einen Ort am Meer und in der Nähe dieser phantastischen Surfplätze, die ich »entdeckt« hatte. Als Architektin und Künstlerin suchte auch Paola einen magischen Ort, wo sie sich entfalten konnte.

Wir beide liebten Buchhandlungen. Stundenlang konnten wir in den Regalen stöbern. Aus irgendeinem Grund haben mich Bücher schon immer gefesselt, und ganz tief in meinem Inneren hoffte ich, eines Tages selbst ein Buch zu schreiben. Paola verzog sich immer leise in die Abteilung »Kunstgewerbe«. Einmal suchte ich sie dort auf und fragte:

»Was liest du?«

»Ach, nichts Bestimmtes, ich seh' mich nur um und …«

Behutsam nahm ich ihr das Buch aus der Hand. *Mosaiken selber machen.* »Das interessiert dich also so sehr.«

»Nun ja, ich finde es toll, was man aus diesen kleinen Stückchen Stein oder Fliesen erschaffen kann.«

»Warum machst du so etwas dann nicht selbst?«

»Bislang ist es nur ein Gedanke.«

»Ein Gedanke? Das glaube ich nicht.«

»Und warum nicht?«

»Einen Gedanken hast du im Kopf, mein Schatz. Aber nun hältst du ein Buch in Händen, und es ist nicht das erste Buch über Mosaiken.«

»Das stimmt.«

»Also?«

»Also was?«

»Liebst du Mosaiken?«

»Sie gefallen mir.«

»Du hast meine Frage nicht beantwortet: Liebst du sie?«

Sie sah mich an und lächelte. »Ja, ich liebe sie.«

»Dann solltest du die Mosaiken, von denen du schon lange träumst, auch erschaffen, Paola.«

»Ich weiß nicht. Ich glaube nicht, daß man davon leben kann.«

»Meine schöne Prinzessin, wenn ich eins im Leben gelernt habe, dann das: Wenn du etwas liebst, sollst du es auch tun. Denk nicht ans Geld, das kommt vielleicht mit der Zeit – tu es, weil es dich glücklich macht. Einen besseren Grund als dein Glück gibt es nicht.«

Weiße Wolken zogen langsam über den Abendhimmel, der Mondschein überzog sie mit silbernem Glanz. Sie lächelte mich an. »Gut. Ich werde eine Heimat für dich und mich schaffen, ein Heim voller Mosaiken von Delphinen, Möwen und Walen, ein Haus mit ganz großen Fenstern, damit du freien Blick auf den Strand hast, und wir werden einander immer lieben. Wir werden unsere Träume verwirklichen und ein erfülltes Leben haben.«

»Für den, der bereit ist, ein Risiko einzugehen, ist jeder Tag ein Abenteuer.«

Sie lächelte. »Abgemacht?«

Ich lächelte auch und umarmte sie.

»Abgemacht.«

Brecher

Vor zwei Wochen war ich nach Lima zurückgekehrt.

Die Geschäfte liefen gut, Wein und Käse aus Australien verkauften sich gut auf dem lokalen Markt. Aber ich mußte mich um alles Wichtige selbst kümmern. Wie bei vielen jungen Unternehmen waren auch unsere Gewinne noch dürftig, und die Konkurrenz schlief nicht; schließlich hatten wir ein Marktsegment erobert. Wir mußten eine Strategie ausarbeiten, mit der wir uns nach anfänglichem Erfolg konstant am Markt halten könnten.

Ich wußte, daß ich mich eines Tages zurückziehen würde und einen Partner finden mußte, der meinen Traum am Leben hielt, der von denselben Motiven geleitet wurde und nach den Prinzipien arbeitete, die ich meinen Angestellten vermitteln wollte. Dann könnte ich das Geschäft von Chile aus leiten und müßte nur sicherstellen, daß alles seinen Gang ging.

Ein geschäftiger Tag. Ich arbeitete an einem Plan zur Öffnung neuer lokaler Märkte für australischen Wein und Käse. Eine neue Schiffsladung war auf dem Weg.

Ich hatte ein gutes Team. Adolfo, ein peruanischer Unternehmer, der meine Ideale teilte, war mein Partner und Geschäftsführer, außerdem hatte ich in Janet und Fabiola zwei junge, patente Mitarbeiterinnen.

Plötzlich läutete das Telefon.

»Hallo?«

»Hallo, mein Schatz, ich bin's.«

»Paola!«

Janet, meine Sekretärin, lächelte, sammelte die Notizen ein, die sie gemacht hatte, und schloß leise die Tür hinter sich.

»Liebste, ich denke immerzu an dich!«

»Ich habe ihn gefunden!« sagte sie.

»Wen gefunden?«

»Unseren Platz in der Welt.«

»Wie meinst du das?«

»Martin, bitte komm so schnell du kannst nach Chile! Ich bin die Küste und die ganzen Surfplätze abgefahren, von denen du mir erzählt hast, dann bin ich in einen Weg eingebogen – und da war es! Ein wunderbares Stück Land, es steht zum Verkauf.«

»Bist du sicher?«

»Ja, Martin, ich bin sicher, ich bin auch sicher, daß du es lieben wirst! Es ist am Meer, es ist unser Himmel auf Erden!«

Ich war sprachlos.

»Martin? Martin?«

Ich konnte in jenem Moment nur an eines denken: »Wir können unsere Träume wahr machen, Paola, das weißt du.«

Sie lachte. »Ja, nun weiß ich es.«

Nach dem Gespräch mit Paola hüpfte mein Herz – da gab es nur eines für mich: Surfen.

Ich packte meinen Neoprenanzug ein, band mein Brett auf den Dachständer meines alten, treuen Corolla und fuhr nach Süden, wo es die beste Dünung gibt.

Punta Rocas ist mein Lieblingsplatz in Peru. Die großen Wellen brechen sich sanft am Strand, aber wenn man ihre Gewalt unterschätzt, können sie erbarmungslos sein.

Ich zog den Anzug an, wachste mein Brett und watete hinaus. Die Wellen waren zweieinhalb Meter hoch, nur wenige Einheimische waren auf dem Wasser. Ich surfte zwei Stunden lang, und jede Welle brachte mir die Kindheitserinnerungen an meinen ersten Ritt auf den Wellen zurück.

Es wurde spät, die Sonne glitt langsam hinter den Horizont. Die anderen Surfer verließen nacheinander das Wasser, ich blieb. Ich dachte an das Gespräch mit Paola, und als ich wieder aus meinen Gedanken auftauchte, standen schon die ersten Sterne am

Himmel. Ich konnte mich nur noch an den flackernden Lichtern der Strandhotels orientieren.

Der Himmel über Lima ist normalerweise grau, doch diese Nacht war glasklar, die Sterne funkelten wie Diamanten, es war so klar, daß ich sogar die wuchtigen Wellen sehen konnte. Ich setzte mich an einen ruhigen Platz am Strand und sah in den Himmel. Das Kreuz des Südens und die Gürtelsterne des Orion strahlten in all ihrer Pracht, die Milchstraße schien sich über mich zu ergießen. Ich verlor mich in der Schönheit des Nachthimmels, bis mein Nacken schmerzte. Da saß ich, allein, und war der Natur so nah, wie ich es nur sein konnte. Ich erinnerte mich an das Versprechen, das ich mir selbst vor langer Zeit gegeben hatte:

Unter dem Mond,
Unter den Sternen,
Unter dem Himmel
Will ich nicht auf den Verstand hören,
Nur auf mein Herz,
Das mir sagt, was ihm Erfüllung bringt.

Und nun erfüllte tiefer Frieden mein Herz.

Was ist Heimat? dachte ich. Der Ort, an dem man ißt und schläft? Oder das Glück, das ich nun empfinde?

Ich kannte die Antwort. Ich hoffte nur von ganzem Herzen, daß Paola eines Tages dasselbe empfinden würde: daß es keine Sünde ist, wenn sie sie selbst ist, egal, was die anderen denken.

Die Rückkehr

Ich kam planmäßig in Santiago an. Der Flug war ruhig gewesen, die Sonne strahlte über der Stadt und wärmte den Spätnachmittag. In den Anden am fernen Horizont schmolz der Schnee.

Paola holte mich vom Flughafen ab. Wir umarmten uns, und ich merkte, wie sehr sie mir gefehlt hatte, wie unvollständig mein Leben ohne sie war. Nur mit ihr hatte ich das Gefühl, daß mein Leben ausgefüllt war.

»Du mußt es dir gleich ansehen!« sagte sie. »Es ist phantastisch, ganz in der Nähe der tollen Strände, die du entdeckt hast, umgeben von Pinienwäldern. Und das Beste: Die Schnellstraße nach Santiago ist nur zehn Minuten entfernt, ich kann also jederzeit meine Familie besuchen!«

»Toll! Fahren wir.«

Ich holte mein Gepäck, und wir gingen zu ihrem braunen Golf.

Nach zwei Stunden Fahrt über die Schnellstraße bogen wir in einen Feldweg Richtung Küste ein. Die Landschaft veränderte sich schlagartig. Wir hatten die Weinanbaugebiete hinter uns gelassen und fuhren nun durch schattige Wälder, die immer dichter wurden. Nach zehn Minuten waren wir da – wie ein Wunder tat sich in aller Schönheit eine wunderbare Klippe mit einem spektakulären Blick auf den gleißenden Ozean vor uns auf. Prachtvolle Pinien säumten die Klippen, an denen sich vollkommene Wellen im Takt brachen.

Ein Schauder durchlief mich. Da ist also meine Zukunft! dachte ich, der Ort, an dem so viele Träume wahr werden! Das Meer und unsere Liebe! Konnte ich denn mehr verlangen?

Dann erinnerte ich mich an das, was meine geliebte, weise Mutter immer gesagt und wonach sie auch gelebt hatte: »*Wenn du*

wirklich Erfolg haben willst, Martin, dann mußt du früher oder später auf trügerische Sicherheiten verzichten, du mußt zu deinem Traum segeln und all die Risiken eingehen, die die Eroberung des wahren Glücks und die Entdeckung deines wahren Selbst birgt.«

Ich umarmte Paola und küßte sie zärtlich.

»Danke, meine Prinzessin!«

»Ich danke dir. Du hast mich gelehrt, zu lieben, die Angst zu überwinden und ich selbst zu werden.«

»Du mußt nur auf dein Herz hören, Paola, wenn es zu dir spricht, auch wenn du Angst vor der Zukunft hast.«

»Ja, ich hatte solche Angst, jemanden so sehr zu lieben, daß ich am Ende fast das Wichtigste im Leben verpaßt hätte. Aber nun will ich der Liebe und dem Leben eine Chance geben.«

»Ich weiß, Liebste. Und glaub mir: Wer dir sagt, man könne dieses oder jenes nicht erreichen, wird von denen übertönt, die sich entschlossen haben, zu handeln und das Risiko einzugehen, über ihre scheinbaren Grenzen hinauszuträumen. Hab Geduld, Paola. Es kommt die Zeit, da wirst du spüren, daß du dich selbst erkennen, deine eigenen Wege gehen und deine eigenen Träume leben mußt.«

Wir gingen zu der Stelle, wo wir das Haus unserer Träume bauen wollten, an jenem Ort, wo wir uns auf ewig lieben würden. Umgeben von Pinien mit einem wundervollen Blick auf das leuchtend blaue Meer und die perfekten Wellen, die ich wieder und wieder reiten würde. Unser Paradies auf Erden.

Und als wir zur Klippe gingen und unser Land der Träume betraten, da sah ich ihn …

Das Licht

Auf der Klippe stand wie ein stummer Zeuge zahlloser Stürme und Schiffbrüche ein halb zerfallener Leuchtturm. Er war an die dreißig Meter hoch, die starken Winde, die an diese Ecke der südlichen Meere fegten, hatten die Westwand angegriffen. Nun wehte eine leichte Brise salzige Luft heran.

»Komm, nur noch ein paar hundert Meter, und wir sind da.«

Paola war müde. »Martin, was willst du denn dort? Der Leuchtturm ist alt und aufgelassen. Wahrscheinlich ist er auch abgeschlossen. Wir haben einen Platz gesucht, wo wir eine Heimat finden können, und dieser Platz ist ganz bestimmt nicht hier.«

»Wer weiß? Dieser Leuchtturm hat etwas Magisches, ich muß da einfach rein, ich weiß es.«

Paola sah mich irritiert an, kam aber mit.

Und sie hatte recht. Die alte Holztür war mit einem verrosteten Schloß gesichert.

Ich versuchte, es aufzubrechen, aber es war robust. »Es hat keinen Wert, es weiter zu versuchen. Gehen wir.«

Wir gingen zurück zum Wagen, ich war ein bißchen enttäuscht. Die Stimme meines Herzens sagte mir, daß der alte Leuchtturm etwas mit mir und mit meiner Zukunft zu tun hatte, aber ich konnte keinen Zusammenhang herstellen.

Ich schloß den Wagen auf, Paola stieg ein, und ich wollte auch schon einsteigen – da sah ich einen Mann auf den Klippen sitzen und zum Horizont blicken.

Ich hatte plötzlich ein ganz untrügliches Gefühl.

»Warte kurz, ja?«

»Was hast du vor?«

»Nichts, warte bitte.«

»Gut, aber mach nicht zu lange, es wird langsam kühl.«

Zu dieser Jahreszeit wurde es abends kalt, in der Ferne zog sogar ein Unwetter herauf. Ich müßte mich beeilen, wenn ich nicht naß werden wollte.

Ich ging zu dem Mann, der auf den gefährlichen Klippen saß.

»Vorsicht!« warnte ich ihn.

»Keine Sorge«, gab er zurück. »Ich komme schon lange hierher. Es gibt nichts Schöneres, als den salzigen Wind im Gesicht zu spüren.«

Er war an die sechzig, und mit seinem langen Bart sah er aus wie ein typischer chilenischer Fischer.

»Morgen ist ein guter Tag zum Fischen«, sagte er.

»Woher wissen Sie das?«

»Es wird kühl, der Südwind wird stärker, Sturm kommt auf. Morgen ist wieder alles ruhig, aber der Sturm wühlt das Meer auf, und dann machen die Fischer in Küstennähe gute Beute.«

»Sie fischen wahrscheinlich schon lange.«

»Mein ganzes Leben lang.« Er sah mich an. »Sie wollten in den Leuchtturm.«

»Ja, das stimmt.«

»Warum?«

»Aus Neugierde. Ich dachte, vielleicht würde ich drinnen etwas Interessantes finden.«

»Er ist verlassen«, sagte der Fischer. »Früher war es ein hoher, stolzer Turm, der die Schiffe von den Klippen ferngehalten hat.«

»Wie lange ist das her?«

»Ach, viele Jahre. Und heute braucht man ihn nicht mehr, die meisten Schiffe haben ja inzwischen Radar.«

Er sah wieder zum Horizont. »Ich kann mich an Zeiten erinnern, da war ein Leuchtturm das wichtigste Instrument für einen Seemann, immer hat er ihn sicher in den Hafen geführt. Und als der Admiral dort Dienst tat, konnte man sich felsenfest darauf verlassen.«

»Der Admiral?«

»Ja. Komischer Kauz, der Admiral. Man erzählt sich, daß er

sein ganzes Leben im Leuchtturm verbrachte, mit seiner Frau. Und daß es sein Lebensinhalt war, Schiffe zu leiten. Aber als er alt wurde, konnte er sich nicht mehr um den Leuchtturm kümmern. Manche sagen, er sei übergeschnappt, als seine Frau starb, und man hätte ihn in ein Heim gebracht.«

»Wohin?«

»Irgendwo in Santiago.« Er blickte aufs Meer. »Er liebte die See mehr als sein Leben.«

»Glauben Sie auch, daß er wahnsinnig war?«

»Was ist das, Wahnsinn? Manche Leute würden sagen, daß Sie und ich wahnsinnig sind, weil wir uns trotz des nahenden Sturms auf diesen gefährlichen Klippen unterhalten. Aber wir wissen beide, daß das nicht stimmt. Oder?«

»Da haben Sie recht.«

»Ich würde sagen, der Admiral war anders als andere Leute, aber er war nicht verrückt. Vielleicht sah und hörte er Dinge, die andere nicht wahrnehmen konnten. Deshalb haben sie ihn wohl auch ins Irrenhaus gebracht.«

Ich mußte gehen, es hatte angefangen zu regnen, und Paola winkte ungeduldig. Wir mußten die Schnellstraße erreichen, bevor sich der Weg in ein Meer aus Schlamm verwandelte.

»Auf Wiedersehen«, sagte ich.

»Auf Wiedersehen.«

Und als ich mich umdrehte, sagte er: »Ich glaube, Sie sollten den Admiral kennenlernen.«

»Und warum?«

»Sie sehen so aus, als liebten Sie die See genausosehr wie er. Die Art, wie Sie aufs Meer sahen, sagt mir, daß das Meer Ihr Leben ist. Und es war auch sein Leben.«

»Das ist wahr«, sagte ich. »Aber ich muß jetzt trotzdem gehen. Es hat mich gefreut, Sie kennenzulernen.« Ich ging zum Wagen.

Kurz bevor ich einstieg, hörte ich ihn rufen: »Hospital Santa Cruz.« Ich drehte mich um und wollte mich bedanken – doch an der Stelle, wo der Fischer gesessen hatte, war niemand mehr.

Der Admiral

Señora Gonzales, die Oberschwester, führte uns zum Admiral. Er saß in einem alten Rollstuhl und starrte durchs Fenster, sein Blick verlor sich in der Ferne.

Ich hatte keinerlei Vorstellung gehabt, was für einen Menschen ich in dem Heim antreffen würde. Vielleicht war er alt und senil und schlurfte durch die Korridore, oder vielleicht brabbelte er zusammenhangloses Zeug. Mein Vater war Psychiater, ich hatte ihn als Kind gelegentlich begleitet und wußte, daß es ganz unterschiedliche psychische und geistige Störungen gab – Alzheimer, Depressionen, Phobien, Schizophrenie und andere Krankheiten. Aber dieser Mann hier saß ganz still da. Er trug einen weißen Klinikbademantel. Er war um die siebzig, hatte schütteres graues Haar und tiefliegende dunkle Augen, die eher traurig als irr blickten.

Ich zog einen Stuhl heran und setzte mich zu ihm.

»Hallo, Admiral.«

Keine Antwort.

»Er redet schon lange nicht mehr«, sagte die Schwester.

»Wie lange?«

»Ach, seit Jahren ... Wenn ich mich recht entsinne, wurde er eingeliefert, als seine Frau starb, das war vor einigen Jahren. Er hat sich wohl nie von dem Schock erholt.«

»Was tun Sie mit ihm?« fragte ich.

»Ich füttere ihn, bade ihn und pflege ihn. Mehr können wir nicht tun.«

»Haben Sie eine Therapie ausprobiert?«

»Alle – Physiotherapien, Psychotherapien, alles, was Sie sich vorstellen können. Er starrt nur durchs Fenster, Tag für Tag, Nacht für Nacht. Nur manchmal malt er.«

»Er malt?«

»Ja, immer das gleiche Bild, aber er macht keines fertig. Nur wenn er malt, sehe ich manchmal einen Schimmer Leben in seinen Augen.«

»Darf ich die Bilder sehen?«

»Natürlich. Ich bringe sie Ihnen. Aber das wird nichts helfen. Der arme alte Mann ...«

Nach fünf Minuten kam sie mit ein paar zerknitterten Blättern zurück.

Ich nahm die Bilder und betrachtete sie.

Und fiel fast vom Stuhl. Ich konnte es nicht glauben!

Es war immer dasselbe Motiv, nur Tages- und Jahreszeit variierten. Doch ob es nun Sommer war, Winter, Frühjahr oder Herbst – eine Sache war immer gleich: der Leuchtturm. Der Leuchtturm, den ich auf den Klippen gesehen hatte.

Ich zeigte dem Admiral ein Bild, das er selbst gemalt hatte. Für einen Moment heftete er den Blick darauf, lächelte und sah mich an, dann versank er wieder in seiner eigenen Welt, in der er schon so lange lebte.

»Wir müssen ihn zum Leuchtturm bringen«, sagte ich zu Paola.

»Warum?«

»Ich weiß es nicht, aber ich spüre, daß etwas passiert, wenn er den Leuchtturm sieht.«

»Wie soll das gehen?«

»Es ist nur so eine Ahnung. Ich habe mein ganzes Leben nach dem gelebt, was mein Herz mir sagt, und du wirst nicht glauben, was du alles erleben kannst, wenn du auf dein Herz hörst!«

Am nächsten Morgen sagte ich alle geschäftlichen Termine ab. Ich hatte noch einen Tag Zeit vor meiner Rückkehr nach Lima, also ersuchte ich um die Erlaubnis, den Admiral abzuholen. Ich wollte ihn zum Leuchtturm bringen.

Eine Erlaubnis zu bekommen war gar nicht so einfach, wie wir gedacht hatten. Der Admiral hatte keine Familie, folglich konnte auch niemand diese Erlaubnis erteilen. Doch Paola konnte einen Trumpf ausspielen; sie war an der Planung eines neuen Krankenhauses beteiligt, einem Teil des Klinikkomplexes, in dem auch der Admiral untergebracht war. Nach ein paar Telefonaten und nachdem wir unterschreiben mußten, daß wir ihn noch am selben Tag zurückbrachten, durften wir ihn mitnehmen.

Señora Gonzales war erfreut. »Ein bißchen frische Luft wird ihm bestimmt nicht schaden. Einem Mann des Meeres tut es gut, wenn ihm der Seewind um die Nase weht.«

»Ein Mann des Meeres?« fragte ich. »Woher wissen Sie das?«

»Nur so eine Idee. Er malt ja immer diesen Leuchtturm, also hat er früher wohl etwas damit zu tun gehabt.«

Ich sagte nichts.

Paola sah mich an. »Gehen wir?«

Ich schob den rostigen Rollstuhl. Am Anfang wollte der Admiral gar nicht mitkommen, aber Paola strich zärtlich über sein weißes Haar, und mit all der Liebe, die sie anderen zeigen konnte, drückte sie ihm einen Kuß auf die Wange. Sein Widerstand war gebrochen.

Daheim

Die Fahrt über die kurvenreichen Straßen von Südchile ist ein unvergeßliches Erlebnis.

Hat man erst einmal den Smog über Santiago hinter sich gelassen, kommt man in eine Landschaft, in der einige der schönsten Weinanbaugebiete der Welt liegen. Tunnel führen durch grüne Hügel, und immer, wenn man aus einem Tunnel herauskommt, wird man aufs neue überrascht von zauberhaften Tälern mit Weinbergen, wo allerlei Sorten gedeihen – Cabernet Sauvignon, Merlot, Chardonnay. Aus dem Trank der Götter konnte sich hier ein prosperierender Wirtschaftszweig entwickeln.

Weiter südlich ändert sich die Landschaft – üppig bewaldete Hügel mit Pinien, Gummibäumen und unzähligen anderen Pflanzen. Es ist ein betörendes Schauspiel, denn man weiß nie, was hinter der nächsten Kurve liegt – vielleicht ein einsames Bauernhaus, aus dessen Kamin als einziges Zeichen von Leben ringsum Rauch aufsteigt.

Bald erstreckten sich zu beiden Seiten der Straße wunderschöne grüne Weiden, und an der Küste schlugen wilde Wellen an schroffe, steile Klippen. Nach zwei Stunden Fahrt durch Tausende Hektar Weinberge und saftige grüne Hügel näherten wir uns dem Meer.

Während der ganzen Zeit hatten wir vergeblich versucht, mit dem Admiral zu sprechen, er saß einfach nur da wie im Heim, sein Blick in ferne Erinnerungen verloren.

Auf den letzten Kilometern begann der Admiral zu zittern. Paola meinte, vielleicht sollten wir ihn zurückbringen; wenn ihm etwas passierte, während er in unserer Obhut war, könnten wir ziemliche Schwierigkeiten bekommen.

Doch dieses Zittern war mir nicht fremd, ich hatte es oft bei mir selbst erlebt, zum Beispiel bei den letzten Schritten auf einem langen Weg, wenn ich fast schon aufgeben wollte und mich zwingen mußte weiterzugehen, unabhängig davon, was mein Verstand sagte. Denn nur so erreicht man sein Ziel, nur so macht man seinen Traum wahr.

Wir kamen zum Leuchtturm, den der Admiral so oft gemalt hatte, und zu den Klippen, die aus dem Meer ragten.

Wir parkten den Wagen so nah wie möglich am Leuchtturm, damit der Admiral ihn auch gut sehen konnte. Wir standen etwa fünfzig Meter entfernt, und auf den ersten Blick wirkte der Turm wie ein altes, verlassenes Gebäude. Es sah zwar völlig unbewohnbar aus, aber ich spürte, daß er eine ruhmreiche Vergangenheit hatte. Das gleißende Sonnenlicht, das von den Felsen reflektiert wurde, umgab den Leuchtturm mit einer geheimnisvollen Aura. Es ist mir immer noch ein Rätsel, wie die Sonne manchen Dingen so einen Zauber verleihen kann. Sie ist so hell und strahlend und so warm wie nichts auf dieser Welt.

Wir hoben den Admiral vorsichtig aus dem Wagen und setzten ihn in den Rollstuhl. Wir vergewisserten uns, daß er auch sicher saß, und machten uns auf dem Weg hinunter zum Leuchtturm.

Das rostige alte Schloß an der Tür war immer noch hartnäckig; ich konnte machen, was ich wollte, es ging einfach nicht auf.

»Was nun?« fragte Paola.

»Keine Ahnung.«

»Laß uns zurückfahren. Es passiert sowieso nichts, und es wird kühl. Ich glaube, das ist nicht sehr gesund für den Admiral.«

»Wahrscheinlich hast du recht. Zumindest haben wir es versucht. Gehen wir.«

Wir wollten den Rollstuhl wieder den kurvigen Weg hinaufschieben, doch plötzlich blieb er stehen.

»Was ist denn los?« fragte Paola.

»Ich weiß nicht, der Rollstuhl klemmt. Ich sehe mal nach den

Rädern und ...« Ich starrte Paola an. Ich traute meinen Augen nicht.

Stur und mit angestrengter Miene hielt der Admiral die Bremse fest.

»Alles in Ordnung?« fragte ich ihn.

Keine Antwort.

Und nun? Ich sah Paola an und wartete auf eine Antwort.

Doch die Antwort gab nicht Paola, sondern der Admiral.

»Bringen Sie mich zurück!«

Paola und ich sahen uns verblüfft an.

»Bitte, bringen Sie mich zurück!« sagte der alte Mann.

Und da wußte ich, was ich zu tun hatte.

»Gut, Admiral, gehen wir.«

»Bist du sicher?« Paola sah mich an, sie war müde.

»Ja. Frag mich nicht, warum, aber ich habe so eine Ahnung, daß uns der Admiral in eine Welt führen wird, die nur er kennt.«

»Und wo ist diese Welt?«

»In seinem Herzen, in seiner Erinnerung.«

Im Nu waren wir wieder beim Leuchtturm. Wieder standen wir vor dem Schloß.

»Und nun?« fragte Paola.

»Warten wir.«

Wir schwiegen. Eine Ewigkeit schien zu vergehen. Paola und ich spazierten über die schroffen Felsen, wir waren gespannt, was der Admiral als nächstes tun würde. Möwen glitten über den Himmel, die Sonne ging allmählich unter, Seelöwen robbten nach einem Tag Jagd im Meer auf die Felsen am Strand.

»Eine schöne Stelle für ein Haus!« sagte Paola.

»Du meinst, unser Heim?«

»Ist das ein Unterschied?«

»Und ob! Ein Haus kann jeder bauen – ein Heim zu schaffen ist schon schwieriger. Eine Heimat zum Träumen, nicht nur eine Schlafstatt. Die Heimat einer Familie, die in Glück und Liebe schwimmt. Ein Ort, wo man nicht nur vor Kälte geschützt ist, sondern den Wechsel der Jahreszeiten bewundern kann, wo man nicht nur seine Zeit verbringt, sondern sein Leben genießt.«

Paola sah ein wenig traurig aus.

»Was ist denn?«

»Ach, nichts«, sagte sie, »nur, als du von der Familie gesprochen hast, die in Glück und Liebe schwimmt ... das habe ich mir für meine Familie immer gewünscht.«

Ich sagte nichts, ich wußte, was sie dachte. Wenn ich sie bei ihren Eltern in Santiago besuchte, erlebte ich ihre Familie. Sie aßen zwar zusammen, aber man spürte überhaupt keine Liebe zwischen ihnen. Ich hatte nie gesehen, daß ihr Vater sie in den Arm nahm und ihr einen Kuß gab. Das fand ich erstaunlich.

»Du könntest den ersten Schritt machen«, sagte ich.

»Wie meinst du das?«

»Du könntest deinem Vater zeigen, daß du ihn liebst. Nimm ihn in den Arm, küsse ihn, sage ihm, daß du ihn liebst.«

»Das kann ich nicht.«

»Und warum nicht?«

»Ich weiß nicht. Ich glaube, das geht nicht, weil er immer so autoritär und gefühlskalt mit uns allen umging.«

»War er herrschsüchtig?«

»Ja, aber nicht nur das. Ihm konnte ich nie sagen, wer ich bin oder was ich denke. Alles muß immer nach seinem Kopf gehen, oder es ist sowieso falsch. Immer wenn wir etwas von ihm wollen, gehen wir zuerst zu Mutter.«

»Und hältst du das für gut?«

»Nein.«

»Vielleicht liegt es daran, daß er so konservativ erzogen wurde. Aber du bist eine erwachsene Frau, Paola, du mußt deine Entscheidungen selber treffen. Du mußt ihm sagen, was du empfindest, und mußt nach deinen eigenen Prinzipien leben.«

Sie sah mich ganz traurig an. »Dazu habe ich nicht den Mut. Es ist, als hätte er die Kontrolle über alle meine Handlungen.«

»Paola, der einzige Mensch, der daran etwas ändern kann, bist du selbst, ich kann dich lediglich dabei unterstützen, die Entscheidung mußt du selbst treffen.«

Tränen rannen über ihre Wangen. »Hilfst du mir?«

Ich nahm sie in den Arm. »Natürlich helfe ich dir. Aber am Ende liegt es allein an dir.«

»Danke, Martin.«

Wir hatten den Admiral schon zwanzig Minuten allein gelassen.

»Wir sollten zurückgehen«, sagte ich.

Als wir zum Leuchtturm kamen, traf uns fast der Schlag.

Der Admiral war weg.

Sein Rollstuhl stand noch da, aber der Mann war weg.

Unsere Herzen rasten, sie sprangen uns fast aus der Brust. Wo war er? War er den Klippen zu nahe gekommen? Das Heim! Was sollten wir denen sagen?

Doch dann sahen wir, daß die alte Tür einen Spalt offenstand. Das Schloß, das uns so hartnäckig ausgesperrt hatte, war offen, der Schlüssel steckte.

Vorsichtig stießen wir die Tür auf, drinnen war es stockdunkel. Erst nach einigen Minuten hatten wir uns an das schummrige Licht gewöhnt.

Überall hingen Spinnweben, es roch modrig und klamm, alles wirkte sehr, sehr alt. Es war nicht unheimlich, es war eher so, als wären wir in längst vergangene Zeiten gereist.

Ein Leuchtturmwärter kann ohne Telefon und Elektrizität auskommen, dachte ich.

Über eine Wendeltreppe aus massivem Stein, der dem Zahn der Zeit widerstanden hatte, stiegen wir aufs Wohndeck.

Wir konnten nicht glauben, was wir da sahen! An einem offenen Fenster, das aufs weite Meer hinausging, stand der Admiral, sah zum Horizont und rauchte Pfeife. Und bevor wir noch etwas sagen konnten, drehte er sich um und lächelte.

»Danke.«

»Admiral ...«

»Danke, daß Sie mich zurückgebracht haben. Ich war lange nicht mehr hier.«

Er sah wieder durch das alte Fenster aufs Meer und suchte den Horizont ab. Er atmete tief ein und füllte seine Lungen mit der salzigen Luft, die ihm ermöglicht hatte, das Leben zu leben, das er leben wollte.

Paola und ich sahen etwa eine Stunde lang zu, wie der alte Mann am Fenster stand. Dann drehte er sich um, sah auf den Boden und ging langsam zur Wendeltreppe.

»Was würden Sie jetzt gerne tun, Admiral?«

»Heute war ein besonderer Tag. Vielen Dank. Sie haben mich endlich in die Welt zurückgebracht, in meine Welt. Das werde ich Ihnen nie vergessen, ich werde Ihnen für den Rest meines Lebens dankbar sein.« Er hielt inne, sein Blick wurde traurig. »Aber nun müssen Sie mich wieder zurückbringen.«

»Wohin?« fragte Paola.

»Ins Heim. Ich will nicht, daß Sie Schwierigkeiten bekommen. Señora Gonzales macht sich sicher schon Sorgen, sie hat mich all die Jahre gut gepflegt, sie ist eine wunderbare Frau, die ihr Leben all jenen widmet, die Pflege brauchen, die Not leiden, den Behinderten, die sich nicht um sich selbst kümmern können. Sie ist eine treue Seele, und ich glaube, das dankbare Lächeln derer, die sie so fürsorglich betreut, ist mehr wert als jede Bezahlung.« Er machte einen Schritt auf uns zu und sagte: »Trotzdem möchte ich Sie um einen Gefallen bitten.«

»Was immer Sie wollen!« sagte ich.

»Es wäre schön, wenn Sie mich hierherbringen könnten, sooft es Ihre Zeit erlaubt. Sie würden mir helfen, mich wieder lebendig zu fühlen. Und wieder aufzubauen, was die Zeit und der Wind genommen haben.«

»Sie wollen den Leuchtturm restaurieren?« fragte Paola.

»Ja.«

»Aber wenn es Ihnen so gutgeht, hat es doch keinen Sinn,

wenn wir Sie ins Heim zurückbringen. Sie sehen so gesund aus, Sie sehen großartig aus!«

Er lächelte. »Es gibt in dieser Welt Geheimnisse, die im Herzen derer ruhen, die noch etwas zu erledigen haben. Ich bin noch nicht soweit zu gehen.«

»Zu gehen? Wohin?« fragte Paola.

Er blickte wieder zum Horizont.

»Zu Elvira.«

Er zog ein zerrissenes altes Taschentuch heraus, schneuzte sich und sagte: »Den größten Fehler im Leben machen wir, wenn wir gehen, obwohl wir wissen, daß wir unsere Mission noch nicht erfüllt haben. Wir müssen versuchen, unser Ziel zu erreichen; das ist die größte Leistung im Leben. Ich bin noch nicht fertig. Noch nicht.«

Ich sah ihn an. »Übrigens – ich bin Martin, das ist Paola.«

Er sah mich aufmerksam an, dann fragte er:

»Wo leben Sie, Martin?«

»In Lima.«

»Und Sie, Paola?«

»In Santiago.«

Und mit dem strahlendsten Lächeln sagte er: *»Die Liebe kann jeden Streit schlichten, jede Entfernung überwinden und durch jede gläserne Wand strahlen. Denken Sie immer daran.«*

Hoffnung

Die Veränderung in der Haltung des Admirals gegenüber der Welt hatte uns überrascht. Der alte, stille Mann mit dem fernen Blick, den wir im Heim angetroffen hatten, war plötzlich wieder ein junger, freier Geist. Er gehörte in den Leuchtturm, wo all seine Erinnerungen, seine Träume und seine Weisheit wohnten.

Doch nun mußten wir ihn zurückbringen. Wir halfen ihm die Treppe hinunter, setzten ihn in den Rollstuhl und schoben ihn den Weg hinauf. Es war schon dunkel, ein prächtiger Vollmond stand am Himmel.

»Können wir fahren, Admiral?« fragte ich.

Keine Antwort.

»Admiral?«

»Admiral, ist alles in Ordnung?« fragte Paola.

Er gab keine Antwort. Der starke, stolze, weise Mann, den wir im Leuchtturm kennengelernt hatten, war wieder der alte Mann aus dem Heim, still und schwach. Auf der Rückfahrt sagte er kein Wort, er blickte immer nur in eine ferne Welt, die er allein kannte.

Doch ich hatte ein Lächeln auf den Lippen, und nicht nur wegen des Admirals.

»Warum lächelst du denn?« fragte mich Paola.

»Das weißt du doch!«

»Nein, woher denn?«

»Du hättest dein Gesicht sehen sollen, als der Admiral meinte, er wolle den Leuchtturm wieder aufbauen.«

»Was war denn mit meinem Gesicht?«

»Du baust doch gerne. Du kannst es nicht verhehlen!«

»Ist das so offensichtlich?«

»Und wie! Selbst wenn man dich bitten würde, eine Sandburg zu bauen, wärst du hellauf begeistert. Stimmt's?«

Sie lächelte, ihre Augen funkelten wie Gold. »Ja, das stimmt.«

»Es liegt dir im Blut, Paola, und ich spüre, daß es so sein muß.«

Ich hielt am Straßenrand und sah meine Prinzessin an.

»Baust du den Leuchtturm wieder auf?«

»Ich weiß nicht. Was soll denn das für einen Sinn haben?«

»Der Admiral hat dich gefragt.«

»Na und?«

»Du würdest nichts lieber machen, weil du noch nie einen Leuchtturm gebaut hast, zumindest keinen echten!«

»O je, manchmal machst du mich verrückt! Natürlich würde ich es tun, aber warum sollte ich?«

»Für den Admiral.«

»Und warum?«

»Weil er dich gebeten hat, und weil du es willst. Das sind doch Gründe genug!«

Sie lächelte.

»Touché!« sagte ich und fuhr weiter.

»Warum benimmt sich der Admiral so?« fragte sie.

»Ich weiß es nicht genau«, antwortete ich. »Vor langer Zeit habe ich in Tibet jemanden getroffen, an den mich der Admiral stark erinnert.«

»Wer, glaubst du, ist der Admiral wirklich?«

»Er liebt das Leben. Er gibt denen Kraft, die bereit sind, ihm zuzuhören. Er macht Menschen glücklich, er hat Tausende von Seelen berührt, er hatte ein erfülltes Leben und verlangt nichts mehr. Seine Bedürfnisse sind nur noch spiritueller Art. Und er redet nur, wenn er weiß, daß man ihm auch zuhört. Wahrscheinlich ist er freundlich und treu, und er kann Schönes und Wahres erkennen, wo andere es nicht sehen.«

Ich warf Paola einen Blick zu. »Er ist ein Meister, der wundervolle Lektionen lehrt, und ein Träumer, wie ich nie zuvor einen getroffen habe. Er ist einer jener besonderen Menschen, die andere auf sehr spezielle Weise berühren können, er weiß, daß man erst zu den Sternen aufsteigen kann, wenn man den Gipfel erreicht hat.«

Wir kamen spät in Santiago an. Während der Fahrt war aus dem Nieselregen ein richtiger Wolkenbruch geworden, der Südwind fegte über den Wagen und peitschte den Regen schräg heran, als wollte er sich der Schwerkraft widersetzen. Die Scheibenwischer konnten nicht viel ausrichten, wir sahen kaum noch die Straße.

Wir fuhren gleich zum Klinikum. Señora Gonzales hatte sich ein bißchen gesorgt, weil es länger gedauert hatte als erwartet und weil der Regen dem Admiral schaden könnte. Doch sie beruhigte sich schnell und dankte uns. Sie kannte den Admiral gut; obwohl er kein Wort sagte, wußte sie, daß es ihm besser ging.

»Können wir ihn nächstes Wochenende wieder abholen?« fragte ich.

»Nun, das ist eigentlich gegen die Regeln, er muß hierbleiben. Können Sie sich vorstellen, was für Schwierigkeiten ich bekommen kann, wenn ich ihn mit Ihnen gehen lasse?«

Paola und ich sahen uns an.

»Ja, das wissen wir.«

»Hm«, machte Señora Gonzales. »Ich überleg's mir und rufe Sie an. In der Zwischenzeit können Sie ihn besuchen, wann immer Sie wollen. Er bekommt sonst keinen Besuch.«

»Wir kommen bestimmt wieder«, sagte ich.

Wir verabschiedeten uns vom Admiral und von der Schwester.

Auf der Fahrt zu Paolas Eltern sagten wir kein Wort, aber wir wußten, daß wir beide das gleiche dachten.

Wir mußten den Admiral zurück zum Leuchtturm bringen, denn dort gehörte er hin.

Leben

Beim zweiten Mal war jedoch alles ganz anders.

Es dauerte eine Weile, bis wir die Schwester überredet hatten, doch am Ende war ihre Zuneigung für den Admiral stärker als die Angst vor möglichen Schwierigkeiten. »Egal«, hatte sie gesagt, »die frische Luft wird ihm guttun. Besser, er ist draußen, als hier in seinem Rollstuhl eingesperrt. Nehmen Sie ihn mit, aber kommen Sie nicht so spät zurück!« Und sie hatte einen strengen Blick aufgesetzt.

Auf der Fahrt beobachtete ich den Admiral im Rückspiegel. Es war immer noch der alte Mann, der im Rollstuhl in seinem Zimmer im Santa Cruz-Hospital saß, doch sein Blick hatte sich irgendwie verändert. Er sagte zwar kein Wort, aber er wirkte ganz aufgeräumt, als würde er wissen, wohin wir fuhren: an den Ort, wo er im Frieden mit dem Leben und mit sich selbst war.

Paolas Eltern erzählten wir nichts vom Admiral, sie wären außer sich gewesen. Außerdem paßte es ihnen sowieso nicht, daß wir so oft zu zweit an die Küste fuhren. Ich verstand nicht, wie sie erwarten konnten, daß ich die meiste Zeit, wenn ich in Chile war, bei ihnen zu Hause oder in ihrem Ferienhaus am Rappel-See verbrachte. Natürlich unternahmen wir manchmal etwas mit den Eltern, ich mochte und respektierte sie auch, aber offenbar begriffen sie nicht, daß meine Liebe zu Paola der Grund für meine Reisen nach Chile war. Ich lebte mein Leben nach meinen eigenen Grundsätzen, ich wollte am Meer sein. Ich hatte immer davon geträumt, eines Tages einen Menschen zu finden, mit dem ich diesen Traum teilen könnte, und Paola war dieser Mensch. Wenn wir zusammen waren, war Paola ganz anders als bei ihren Eltern. Ich fand nichts Falsches daran, Paola zu helfen, ihren eigenen Weg zu gehen, aber ich spürte dennoch den Druck, den die Gesellschaft ausübt, wenn man sich nicht benimmt, wie man »sollte«.

Nach einer längeren Fahrt durch die zauberhafte Landschaft Südchiles kamen wir endlich ans Ziel. Ich parkte nah am Leuchtturm und wollte dem Admiral aus dem Wagen helfen.

Das mußte ich aber nicht. Er war schon ausgestiegen und stützte sich auf einen alten Stock mit prächtigem Silbergriff.

Zum erstenmal hatte ich diesen Stock im Heim gesehen, er war am Rollstuhl des Admirals befestigt. Ich dachte, es sei das Symbol für einen alten Mann, der der Tatsache nicht ins Gesicht sehen konnte, daß er alt war und nicht mehr ohne Hilfe gehen konnte. Nun aber, als ich ihn mit diesem tollen Stock in der einen und der Pfeife in der anderen Hand sah, spürte ich, daß er ein erfülltes Leben hatte, voller Abenteuer zu Wasser und zu Land.

»Danke, Martin«, sagte er. »Ich komme zurecht.« Er ging zum Leuchtturm, zog den Schlüssel aus der Tasche und öffnete die Tür.

»Kommen Sie doch herein!« sagte er.

Wieder stiegen wir die Wendeltreppe hinauf aufs Deck, wo der Admiral zum erstenmal gesprochen hatte. Er zog zwei Holzstühle zu einem alten, schmutzigen Lehnsessel, säuberte sie behutsam und bot uns Platz an.

»Es gibt viel zu tun. Man muß die Treppe reparieren, die Fenster putzen, die Westwand wieder aufbauen …«

»Wollen Sie das wirklich?« unterbrach Paola den alten Mann.

»Sie nicht, meine schöne Paola?«

Ich lächelte. »Sie ist Architektin.«

Und bald schon putzten wir die Räume und verrückten die Möbel. Währenddessen veränderte sich der Admiral merklich. Ich entdeckte Bilder an den Wänden des Wohndecks und staubte sie mit einem weißen Tuch ab – die meisten waren Fotos von Leuchttürmen.

»Ist das Ihre Sammlung?« fragte ich.

»Ja, ich habe diese Bilder mein Leben lang gesammelt, sie sind sehr wertvoll für mich. Hier«, sagte er und zeigte auf das Bild über dem alten Eisenkamin, das Bild eines sehr alten Leuchtturms.

»Was ist das?« fragte Paola.

»Setzen Sie sich doch, machen wir eine Pause, dann erzähle ich Ihnen die Geschichte dieses wunderbaren Wächters.« Er stand auf und ging zu dem Bild.

»Dieses phantastische Bauwerk ist eines der Sieben Weltwunder: der Pharos von Alexandria. Er war an die hundertfünfzig Meter hoch.«

»Steht er noch?« fragte ich.

»Leider nein. Er wurde nach und nach durch Kriege und Erdbeben zerstört.«

»Woher weiß man, wie er ausgesehen hat?« fragte Paola.

»Sein Aussehen wurde über Münzen, Keramiken und römische Mosaiken in Libyen und Jordanien und in der Markuskirche in Venedig rekonstruiert; das hat unser Bild bis heute geprägt.«

»Mosaiken?« staunte Paola.

Ich sah sie an und mußte lächeln.

»Ja, Paola.« Der Admiral lächelte auch. »Jedenfalls leitete er in den fünfzehn Jahrhunderten von seiner Erbauung bis zu seiner endgültigen Zerstörung Anfang des 14. Jahrhunderts die Seefahrer, die sich der Küste Ägyptens näherten. Daß er trotz seiner exponierten Lage all die Jahrhunderte überstanden hat, zeigt, daß er ein Bauwerk von außerordentlicher Qualität war. Nur Erdbeben konnten ihm etwas anhaben, und davon gab es ja inzwischen mehr als genug.«

Paola war fasziniert von der Schilderung des Pharos, nicht nur wegen seiner Geschichte, sondern auch weil sie Architektin war. Ich für meinen Teil wunderte mich immer noch, daß der Mann, der hier mit Fachwissen brillierte, der alte siechende Krüppel aus dem Santa Cruz-Hospital war.

»Wann wurde der Pharos zerstört, Admiral?« fragte ich.

»Im Jahr 1303 erschütterte ein schweres Erbeben das östliche

Mittelmeer, Alexandria traf es besonders schlimm. Als alles vorbei war, lag der Pharos in Trümmern. Sultan Kait Bey errichtete im 15. Jahrhundert auf den Fundamenten eine Festung; Fort Kait Bey steht heute noch.«

»Woher wissen Sie so viel über Leuchttürme?« fragte Paola.

»Aus demselben Grund, aus dem Sie so viel über Architektur wissen – ich war mein Leben lang Leuchtturmwärter und habe viel Zeit darauf verwendet, diese wundervollen Wächter der Nacht zu studieren. Ich liebe sie.«

Zärtlich nahm er Paolas Hand. »Und Sie? Was haben Sie außer der Architektur lieben gelernt?«

Paola sah erst mich an, dann blickte sie zum Horizont, Möwen zogen über den Himmel. Sie nahm ein Foto aus ihrer Brieftasche, ein Foto ihrer Familie.

Sie lächelte und sah dem Admiral in die Augen. »Ich lerne, mein Leben zu lieben, mir bewußt zu werden, wie glücklich ich mich schätzen darf, auf der Welt zu sein.«

Erneuerung

Señora Gonzales faßte langsam Vertrauen zu uns, nachdem es dem Admiral merklich besser ging. Er sprach zwar immer noch mit niemandem außer mit uns, aber er sah beträchtlich jünger aus.

»Hallo, Señora Gonzales«, sagte ich.

»Hallo, Martin.«

»Können wir den Admiral mitnehmen?« fragte Paola.

»Natürlich«, sagte sie mit einem sanften Lächeln. »Ich weiß zwar nicht, was Sie mit ihm anstellen, aber Sie machen Ihre Sache auf jeden Fall gut.«

»Das sagt er auch von Ihnen – daß Sie gut mit Ihren Patienten umgehen«, sagte Paola.

»Er hat mit Ihnen gesprochen?«

Ich sah Paola warnend an.

»Nein, nein ... Ich meine, man kann sehen, daß er Sie mag.«

»Hm.«

»Es ist wahr!« bekräftigte Paola.

»Wenn Sie meinen. Nun gehen Sie, und nehmen Sie diesen wunderbaren Mann mit, wohin Sie wollen.«

Auf der Fahrt zum Leuchtturm hielten wir bei einem kleinen Eisenwarenladen in der Nähe der Hauptstraße, wo es auch Baumaterial gab, handgemachte Ziegel, Holzbalken und was man sonst so brauchte.

»Können Sie mir helfen, Paola?« fragte der Admiral.

»Was brauchen Sie denn?«

»Sie sind die Architektin. Was brauchen wir, um den Leuchtturm wieder funktionstüchtig zu machen?«

»Ich kann eine grobe Skizze vom früheren Zustand machen –

natürlich nur mit Ihrer Hilfe. Und wir können Baumaterial zum Restaurieren kaufen.«

»Wollen Sie den Leuchtturm wirklich restaurieren?« fragte er.

»Natürlich!« Sie sah mich an.

Ich lächelte.

»Also dann, packen wir's an!« sagte der Admiral.

Nach dem Einkauf fuhren wir zum Leuchtturm. Wir putzten das Erdgeschoß und die oberen Decks. Bis zum Wohndeck war die Westwand intakt, was schon eine große Erleichterung war. Mit einem Schrubber putzte ich die harten Böden, saugte die alten Teppiche, die den Jahren getrotzt hatten, sammelte den Müll ein und desinfizierte die Armaturen im Badezimmer. Paola schrubbte die Felsmauern, entfernte Spinnweben und uralten Staub, der Admiral putzte die Glasfenster und wischte die Türknäufe. Wir öffneten die Vorhänge, die nun sauber waren, und ließen frische Luft herein.

Frisch geschrubbt und geputzt wirkte der Leuchtturm geräumig und übersichtlich. Spinnen und Skorpione waren längst ausgezogen. Der Turm war immer noch eine Ruine, aber er war sauber.

Es war sogar mehr als nur ein Leuchtturm, es war eine ganze Station, ein Komplex aus Turm und Nebengebäuden.

Unten gab es eine Küche und ein Eßzimmer, ein Bad mit Dusche, ein Wohnzimmer und ein Schlafzimmer mit einem Doppelbett. Auf dem Wohndeck waren ein weiteres Schlafzimmer und ein großer Salon. Das zweite Deck war leer. Eine handgearbeitete Wendeltreppe aus Holz in noch originalem rotem Ocker führte vom zweiten Deck durch die Kuppel zum Laternendeck aus Holzplanken, das von einem äußeren Umlauf, der Plattform, umgeben war.

Durch die Steinmauern war es kühl im Inneren, selbst an sehr heißen Tagen. Der Kamin war nun gereinigt und konnte dank Paola wieder in Betrieb genommen werden.

»Sollen wir auch den Garten wieder anlegen?« fragte ich.

»Ich glaube nicht«, meinte Paola, die auch etwas von Landschaftsgärtnerei verstand. »Die wilden Bäume und Sträucher verleihen dem Ort etwas ganz Besonderes, irgendwie Verwunschenes.«

An der Küste gab es eine herrliche Dünung. Ich zog meinen Neoprenanzug und die Handschuhe an. Wieder einmal dürfte ich diese Welle reinen Vergnügens, diese Flut aus Freude und Frieden erleben und die Wunder der Welt in mich aufnehmen. Was gibt es Schöneres?

»Bist du zum Mittagessen zurück?« fragte Paola.

»Natürlich.«

Der Admiral sah uns lächelnd an. »Ihr beide seid wirklich auf der gleichen Wellenlänge.«

Ich lächelte. »Bis später, Admiral.«

Es war schon nach Mittag, ich war mehr als eine Stunde draußen. Beim Surfen hatte ich nachgedacht. Ich wußte, daß nur zählte, was ich im Herzen hatte und was ich tun wollte. Aber wenn es eine Seele gab, die mir mehr beibringen konnte, als es das Surfen vermochte, sollte ich diese Seele anhören. Und das beste Klassenzimmer liegt manchmal zu Füßen eines alten weisen Mannes.

Ich ritt etwa hundert Meter auf der letzten Welle, sie war über einen Meter hoch und lief aufs Meer hinaus, dann paddelte ich zurück.

Mit Leitungswasser, das ich immer in einer Flasche dabeihabe, spülte ich mir das Salz vom Gesicht, trocknete mich ab und sah zum Leuchtturm auf der Klippe. Und ich wußte: Dort war ein Mann, der mir noch etwas über das Leben beibringen konnte.

Paola wartete mit einem köstlichen Essen. Auf der Fahrt waren wir an Obst- und Gemüseständen vorbeigekommen, wo einheimische Bauern ihre Erzeugnisse verkaufen. Wohlschmeckende Früchte und Gemüse, leckeres Brot und Käse sind die Spezialitäten dieses Teils der Welt. Paola hatte aus rotem Paprika, jungen

Karotten, Broccoli und schwarzen Oliven einen tollen Salat gemacht und ihn mit frischen Kräutern, einem Spritzer weißen Weinessigs und Olivenöl angemacht. Und dazu gab es ein Glas schönen chilenischen Merlot.

Wir ließen es uns schmecken, doch der Admiral sah die Anspannung in meinem Gesicht.

»Ist etwas?« fragte er.

»Ich weiß nicht, ob jetzt der richtige Zeitpunkt ist, über das zu sprechen, was mich beschäftigt – das Essen ist köstlich.«

»Gibt es einen besseren Moment, um sein Herz sprechen zu lassen?«

Paola lächelte, sie war einer Meinung mit dem Admiral.

»Manchmal bin ich so verwirrt, meine Gedanken, meine Gefühle wirbeln durcheinander. Ich versuche, mir über mich selbst klarzuwerden, aber das ist schwierig.«

»Sind wir denn nicht alle manchmal verwirrt?«

»Doch, schon.«

»Was meinen Sie, wenn Sie sagen, Ihre Gefühle wirbeln durcheinander?«

Ich sah Paola an, sie wußte, was mich beschäftigte.

»Darf ich es sagen, Paola?«

»Natürlich, sag's ruhig.«

»Ich glaube, Paola und ich haben eine wunderbare Beziehung, Admiral, wir lieben einander so sehr und haben eine Menge Träume. Aber manchmal bekommen wir so viel Druck von der Gesellschaft, und das läßt uns zweifeln, ob wir andere verletzen, wenn wir unsere Träume leben. Vor einiger Zeit wurde mir klar, daß Menschen gegenseitig respektieren sollen, woran sie glauben, aber ich bin mir auch darüber klargeworden, daß meine Rechte enden, wo die der anderen beginnen.«

»Wie meinen Sie das?«

»Ich glaube, ich respektiere Menschen, die sich entschlossen haben, nach ihren eigenen Grundsätzen und Wertvorstellungen zu leben. Warum aber achten sie mich nicht genauso?«

»Das ist eine schwierige Frage. Ich bin überzeugt, daß niemand das Recht hat, andere für ihr Verhalten oder ihre Handlungen zu verurteilen, aber ich weiß, daß Menschen das trotzdem tun. Nicht alle sind gleich erzogen, Martin, nicht alle machen die gleichen Erfahrungen. Wir tun, was wir für richtig halten, aber das gibt uns noch lange nicht das Recht, uns ins Leben anderer Menschen einzumischen. Andere zu verurteilen ist ein schwerer Fehler, denn wir kennen nie alle Gründe, die einen Menschen veranlassen, das zu tun, was er tut.«

»Ich denke, Sie haben recht, Admiral. Nur manchmal frustriert es mich, daß man mich nicht als den achtet, der ich bin.«

»Was tun Sie dann?« fragte der Admiral.

»Ich gehe surfen; das ist der einzige Weg, meine Gedanken zu ordnen.«

»Und was fühlen Sie dabei?«

»Auf dem Wasser kann ich die Gefühle empfinden, die meinem Leben einen Sinn geben. Ich verstehe besser, wer ich bin, was ich denke, was ich von meinem Leben erwarte. Es bläst mir sozusagen den Kopf durch.«

»Und was gibt das Meer Ihnen?«

»Es hilft mir, meine Seele zu erkennen, es hilft mir, eine Verbindung zwischen dem Geist, der Unschuld und den Erinnerungen eines Jungen mit denen eines Erwachsenen und dessen Träumen herzustellen. Es hilft, sie Seite an Seite gehen und einen Weg durch dieses Abenteuer namens Leben finden zu lassen und zu versuchen, das Beste daraus zu machen, ohne andere zu verletzen.«

»Macht Sie das glücklich?«

»Ja, es ist etwas ganz Besonderes, fast Mystisches, wenn ich draußen auf dem Meer bin; dann finde ich fast immer die Antwort auf meine Fragen. Ob es sonnig und klar oder schneidend kalt ist, ob mir eine Delphinschule oder ein Rudel Seelöwen folgt oder ob ich alleine bin – das ist egal. Ich habe immer das Gefühl, etwas für mich zu tun, ich fühle mich lebendig. Verstehen Sie?«

Er lächelte. »All die, die Fragen haben, sind nicht verloren.«

»Ich verstehe nicht …«

»Sie haben Ihre Frage schon selbst beantwortet, Martin.« Er nahm einen Schluck Wein. »Sie erinnern mich an mich selbst, als ich in Ihrem Alter war. Künstlerisch – es ist fast künstlerisch, wenn man sich so fühlt, und andererseits ist es so ganz natürlich, als läge es außerhalb unserer Kontrolle, auf dem Wasser zu sein. Gewöhnen Sie sich nie an das Leben, Martin. Fangen Sie jeden Tag neu an; das ist die einzige Möglichkeit, immer wieder Neues zu entdecken.«

Paola sagte: »Aber manchmal trifft man auf eine Wand, manchmal verstehen einen die Menschen nicht, Admiral.«

»Sie meinen die Menschen, die anders denken als Sie?«

»Ja.«

»Na und? Warum wollen Sie so sein wie die anderen und sich selbst betrügen? Warum können Sie nicht einfach Sie selbst sein, egal, was die anderen denken?«

»Weil ich mich manchmal einsam fühle«, sagte Paola, »und weil ich manchmal denke, indem ich ich selbst bin, verletze ich andere, die mich nicht verstehen können.«

»Wie Ihre Familie?« fragte der Admiral.

Ich sah Paola schweigend an.

»Ja …«

»Ich weiß«, sagte er. »Ich kenne das Gefühl, wenn man sich selbst der einzige Freund ist, das ist manchmal wirklich sehr traurig. Und einsam.« Er lächelte und nahm sanft Paolas Hand. »Aber wissen Sie – manchmal ist es auch schön, alleine zu sein, dann hat man Raum, Raum, nachzudenken und sich selbst zu entdecken. Liebe Paola, Sie werden noch erfahren, daß die Einsamkeit eine der besten Freundinnen im Leben ist, denn ab einem gewissen Punkt ist sie immer mit Ihnen und wird Ihnen nach und nach all die Wunder und die schönen Seiten des Lebens enthüllen. Und was Ihre Eltern angeht, Paola, so sollten Sie ihre Ansichten respektieren. Doch auch Ihre Eltern sollten Sie als das achten, was

Sie sind. Für Eltern sollte es das größte Glück sein, zuzusehen, wie ihr wunderbares Kind zu dem Menschen wird, der er wirklich ist und der seinen Traum lebt.«

»Aber ich weiß doch, daß sie mich nicht verstehen, Admiral. Natürlich weiß ich auch, daß sie mein Bestes wollen – auf ihre ganz eigene Weise, das Leben zu betrachten.«

»Woher wollen Ihre Eltern wissen, was das Beste für Sie ist? Sie leben schließlich nicht in Ihrem Kopf und in Ihrem Herzen.«

Paola sah etwas verloren aus. So hatte bislang noch niemand mit ihr gesprochen. Ich wollte das Thema wechseln.

»Und was haben Sie gemacht, Admiral?« fragte ich schnell. »Ich meine, wie sind Sie mit Ihrer Einsamkeit umgegangen?«

»Ich habe angefangen, auf sie zu hören, Martin. Sie half mir, die Türen zu schließen, die ich schließen mußte, und öffnete mir gleichzeitig neue Türen.«

»So einfach ist das?« fragte Paola.

»Ja, so einfach ist es – vor allem, wenn man gelernt hat, die gläserne Wand zu durchschreiten.«

Paola wollte etwas sagen, aber der Admiral fuhr fort: »Wer ist der Gefangene, Paola? Derjenige, der selbst in Ketten liegt, oder derjenige, der seinen Traum in Ketten legt?«

Paola schwieg. Sie hing an den Lippen des Admirals, aber sie hatte auch ein wenig Angst vor ihm. In der kurzen Zeit unseres Gesprächs hatte er so vieles gesagt, was sie erst verdauen mußte.

»Lassen Sie sich nie von den Regeln anderer einwickeln, Paola, innerlich, meine ich. Denn dann können Sie nie den Traum leben, der Sie Ihr ganzes Leben lang glücklich macht, dann sind Sie dazu verdammt, nach den Prinzipien anderer zu leben, und können sich nicht mehr aus diesen Normen und Konventionen befreien. Und dann haben Sie irgendwann überhaupt nichts mehr, worauf Sie sich freuen können.«

»Sprechen Sie deshalb mit niemandem mehr?«

»Im Gegenteil – deshalb spreche ich mit Ihnen.« Seine Stimme wurde plötzlich ganz weich: »Manchmal braucht man nur eine

Hand zum Halten und ein Herz, das einen versteht.« Er führte Paola zum Fenster, wo eine atemberaubend rote Sonne zwischen den Wolken strahlte.

»Das Leben vergeht schnell – egal, wie jung oder alt wir sind, wenn wir sterben«, fuhr er fort. »Man muß alles darangeben, um aus seinem Leben etwas Einzigartiges zu machen, und die kleinen Freuden genießen, die jeder Tag bereithält.«

Der Abenddunst hatte sich verzogen.

Er lächelte Paola gütig an. »Lernen Sie, alle Hindernisse auf dem Weg zu Ihrem Traum hinter sich zu lassen, lernen Sie, die gläserne Wand zu durchschreiten. Seien Sie Sie selbst. Das ist das Geheimnis des Glücks.«

Der Hüter des Lichts

Zwei Wochen konnte ich in Santiago bleiben.

Über das Internet konnte ich problemlos mit Adolfo in Kontakt bleiben. Er teilte mir mit, daß wir gerade zwei große Aufträge bekommen hatten, und das gab mir innere Ruhe. Das Geschäft lief gut, und statt nach Lima zurückzufliegen, konnte ich vorläufig alles Wichtige vom Hotel aus erledigen.

Und da saß ich nun und starrte auf den Bildschirm. Über eine kleine Videokamera, die in meinen Laptop eingebaut war, hatte ich gerade über eine Entfernung von 3000 Kilometern einen »Business Chat« mit Adolfo geführt. Vor zehn Jahren war das Internet für mich noch eine Utopie gewesen, nun konnte ich mir gar nicht mehr vorstellen, ohne dieses Wunder zu leben, das die neue Technologie uns geschenkt hatte. Ich konnte immer und überall mit Freunden auf der ganzen Welt in Kontakt treten, ich konnte sogar herausfinden, wann irgendeine Welle an irgendeine Küste auf der Welt schlug!

Was für ein Glück, daß ich das erleben durfte!

Wie immer holten wir den Admiral am Wochenende ab. Señora Gonzales war froh, daß er neue Freunde gefunden hatte. Sie spürte, wie der Admiral sich veränderte, und da sie wußte, daß es ihm auf keinen Fall schaden konnte, durften wir ihn ausführen.

Am Nachmittag kamen wir am Leuchtturm an, wie Wattebäusche zogen weiße Wolken vor die Sonne.

Und wie beim ersten Mal stieg der Admiral wieder aus dem Rollstuhl, kaum daß wir angekommen waren. Er zündete seine Pfeife an, ging an den Rand der Klippen und sah auf dieses wundervolle Meer, während wir die Baumaterialien ausluden, die wir unterwegs gekauft hatten. Paola war nun ganz in ihrem Element als Architektin und hatte angefangen, die Westwand des Leuchtturms wieder hochzuziehen.

»Ich bin hier die Frau! Wärt ihr Gentlemen so nett und würdet Ziegel und Zement heraufbringen? Danke!«

Ich sah den Admiral lächelnd an. »Frauen!«

Er lachte schallend.

Wir transportierten die Ziegel aufs zweite Deck. Paola hatte einen genialen Flaschenzug entwickelt, mit dem man Material vom Erdgeschoß hochhieven konnte. Der Admiral legte die Ziegel unten in die Körbe, ich zog sie hoch und mauerte. Von meinem Arbeitsplatz aus hatte ich einen phantastischen Blick. Pinien, so weit das Auge reichte, und unten brachen sich tosend die Wellen.

»Admiral?«

»Ja, Martin?«

»Was waren Ihre hauptsächlichen Aufgaben als Leuchtturmwärter?«

»Nun, bevor es Elektrizität gab, mußte ich die Laterne bei Sonnenuntergang anzünden und bei Sonnenaufgang wieder löschen. Ich hatte acht Stunden Wache in der Nacht und kletterte ein- bis dreimal den Turm hinauf, um das Feuer zu prüfen und die Gewichte der Uhr wieder aufzuziehen. Dieser Leuchtturm hat hundertdreißig Stufen, manche haben bis zu zweihundert! Wir Leuchtturmwärter heißen auch ›Wickies‹, weil wir den verbrannten Laternendocht abschneiden mußten, damit die Linse nicht verrußte. Das Messing mußte poliert, alle Fenster mußten geputzt werden; manchmal brauchte ich einen ganzen Tag, allein um die Linse zu säubern. Die Linsen und Fenster auf dem Laternendeck mußten immer sauber sein, damit das Licht in keiner Weise gedämpft wurde und …«

Paola hatte uns zugehört, sie war irritiert. Das spürte ich, und auch der Admiral spürte es.

»Was ist, Paola?« fragte er.

Paola zögerte erst, doch ich wußte, daß es aus ihr herausmußte.

»Warum sprechen Sie denn außerhalb des Leuchtturms nie mit

anderen? Señora Gonzales hätte fast gemerkt, daß Sie mit uns geredet haben.«

»Haben Sie ihr etwas gesagt?«

»Nein, aber ich fühlte mich fast verpflichtet. Ich verstehe Sie nicht, Admiral. Was haben Sie davon, wenn Sie anderen das Wort verweigern? Sie haben so viel zu geben!«

Der Admiral stieg die Treppe hinauf. Oben zog er sich seinen alten Sessel an sein geliebtes Fenster heran, wo Paola arbeitete. Er setzte sich zu ihr und blickte aufs Meer hinaus.

»Sie verstehen es immer noch nicht, Paola.«

»Nein.«

»Jenen, die nicht so denken wie ich, habe ich nichts zu sagen. Als ich jung war und mir das Herz auf der Zunge lag – wissen Sie, was damals passierte? Die Leute dachten, ich sei verrückt. Und im übrigen habe ich nicht mehr sehr viel Zeit, Paola.«

»Vielleicht denken Sie anders als andere, aber ich finde daran nichts falsch, solange man seine Einstellungen gegenseitig respektiert.«

»Ach, schöne Paola! Welch weise Worte enthüllt Ihr zarter Atem! Wenn doch die Dinge so einfach wären! Aber Sie wissen, warum sie nicht einfach sind …«

Ich sagte nichts. Ich wußte genau, was der Admiral wollte und wie er gelebt hatte.

»Vielleicht ist es wirklich nicht einfach«, sagte Paola. Ihre Stimme war nun fester. »Ich glaube, es liegt weniger daran, was Sie sagen, sondern wie Sie es sagen.«

»Wie meinen Sie das?«

»Nun, es macht weniger Sinn, mit einem Kind über, sagen wir, Biologie zu sprechen, als mit einem Biologen.«

»Geben Sie mir ein Beispiel.«

Paola kletterte durchs Fenster und setzte sich im Schneidersitz auf den Boden.

Laß es, Paola! dachte ich. Mach lieber mit der Mauer weiter!

Zu spät.

»Stellen Sie sich vor, Sie betrachten einen Kolibri, der Nektar aus einer Blüte saugt.«

»Ja?«

»Wäre ich Biologin, würde ich den wissenschaftlichen Namen des Kolibris kennen, ich würde wissen, wie lange er lebt und wievielmal in der Sekunde er mit den Flügeln schlägt.«

»Richtig.«

»Wäre ich aber ein Kind, würde ich einfach nur fasziniert zusehen, wie dieser schöne Vogel so häufig mit den Flügeln schlägt, daß ich es kaum wahrnehme. Aber ich würde nicht wissen, wie der Vogel in der Fachsprache heißt, und auch nicht, wie lange er lebt.«

Der Admiral lächelte. »Aber der Kolibri, egal, wer ihn betrachtet, ist und bleibt ein Kolibri.«

»Natürlich«, sagte Paola.

»Und der Kolibri selbst weiß nicht, wie oft er mit den Flügeln schlägt, wie sein wissenschaftlicher Name ist und wie lange er lebt.«

»Ja, klar.«

»Also, liebe Paola, wer weiß mehr über den Kolibri? Der Biologe, der nur erklären kann, was ein Kolibri ist? Das Kind, das nur fühlen kann, was es heißt, ein Kolibri zu sein? Oder vielleicht der Kolibri selbst?«

Wir schwiegen eine Weile. Ganz tief in unseren Herzen kannten wir die Antwort; wir mußten sie nicht aussprechen.

Die Sonne schob sich hinter den Horizont, die Dämmerung schluckte das Tageslicht.

»Darf ich Sie etwas fragen, Paola?«

Der Admiral stand auf und sah Paola mit jenem warmherzigen Lachen an, das wir so gut kannten.

»Wer hat nun unrecht? Jener, der die Dinge sieht, wie sie wirklich sind, und es vorzieht, den Mund zu halten? Oder derjenige, der gläserne Wände vor sich aufbaut und den Träumer, der er ist, darin einsperrt?«

Jahreszeiten

Wir hatten den Admiral im Leuchtturm zurückgelassen und wanderten über die schroffen Klippen. Es war einer jener schönen sonnigen Tage, wie sie in diesem Teil der Welt häufig sind.

Als wir zurückkamen, saß der Admiral auf dem Wohndeck am Fenster und betrachtete die Möwen am blauen Himmel. Seine dicke Pfeife brannte, er hielt sie in der linken Hand wie einen alten Freund.

Wir hatten wochenlang gearbeitet, die Westwand nach und nach restauriert und dem Leuchtturm die Pracht zurückgegeben, die die Jahre des Verlassenseins ihm geraubt hatten. Nun sah er fast wieder wie neu aus.

»Hallo, Admiral!«, sagte ich.

»Hallo, Martin, hallo, Paola. Schön, daß Sie wieder da sind. Verbringen wir doch diesen wunderbaren Morgen zusammen. Sehen Sie doch!«

Er zeigte zum fernen Horizont, wo sich ein paar Wale tummelten. Sie waren auf ihrer Wanderung in wärmere Gewässer, nun, da an der Färbung der Bäume hinter dem Leuchtturm die ersten Zeichen des Herbstes auf der Südhalbkugel sichtbar wurden.

»Admiral?«

»Ja, mein Freund?«

»Gibt es denn eine Jahreszeit, in der Sie sich besser, lebendiger fühlen?«

»Warum fragen Sie?«

»Die Bilder, die Sie vom Leuchtturm gemalt haben, haben mich sehr beeindruckt. Ich sah sie bei meinem ersten Besuch im Heim. Der Leuchtturm sieht immer gleich aus, nur die Umgebung ist immer eine andere, als wäre der Wechsel der Jahreszeiten wichtig für Sie.«

»Schön, daß Ihnen das aufgefallen ist, Martin. Für mich sind alle Jahreszeiten schön, wenn man sie mit reinem Herzen betrachtet. Der Sommer bringt Wärme, der Winter Kälte und Ruhe. Das Frühjahr sagt uns, daß das Leben nun wieder erblüht, der Herbst erinnert uns daran, daß alles Leben sterben muß. So schließt sich der Kreis, den alles Leben durchläuft. Was mich am meisten zum Nachdenken anregt, sind die Übergangszeiten. Will der Winter sterben, damit der Frühling uns neue Hoffnung geben kann? Oder macht der Frühling dem Winter ein Ende? Endet der Sommer, weil sich die Dinge eben ändern müssen, oder sagt uns der Herbst schon im voraus, daß nichts ewig währt? Ich fühle mich in jeder Jahreszeit wohl. Aber der Wechsel der Jahreszeiten schenkt mir die tiefsten Gefühle. Als würde ein alter Freund mir auf Wiedersehen sagen bis zum nächsten Jahr und ein anderer Freund vom Horizont her winken und mir sagen, daß er zurückgekommen ist.« Er hielt inne und schenkte seine Aufmerksamkeit dem Tee, den Paola ihm gegeben hatte.

Er ist wie ein Jugendlicher, dachte ich. Er sieht aus wie ein Erwachsener, ist im Herzen aber noch ein Kind und betrachtet die Dinge, als würde er sie zum erstenmal sehen. Er hat nicht die geringste Angst, etwas Neues zu lernen oder zu tun. Alles scheint ihn zu faszinieren.

»Und die Nacht?« fragte Paola.

»Kommen Sie, schöne Paola, lassen Sie mich Ihnen ein Geheimnis anvertrauen. Sie haben mir schon so viel gegeben, daß ich Ihnen gerne etwas zurückgeben würde. Sehen Sie in den Himmel.«

Paola hob den Kopf.

»Suchen Sie sich einen Stern aus.«

»Ich sehe keine Sterne, es ist Mittag, Sterne gehen erst am Abend auf, Admiral.«

»Dann meinen Sie also, Sterne gibt es nur bei Nacht?«

»Nein, sie sind immer da, irgendwo da oben, aber ich kann sie nicht sehen.«

»Können Sie die gläserne Wand immer noch nicht durchschreiten, Paola?«

»Wie bitte?«

»Schließen Sie die Augen.«

Sie schloß langsam die Lider.

»Bei Tag warten die Sterne nur auf die Nacht, wo sie ihr Licht zeigen können. Aber sie leuchten immer, bei Tag und bei Nacht. Was sehen Sie nun, Paola?«

Sie lächelte mit geschlossenen Lidern.

»Was sehen Sie?«

Sie lachte. »Ob Sie es glauben oder nicht, ich sehe Millionen und Abermillionen von Sternen!«

»Warten die Sterne also auf die Nacht, oder können wir am hellichten Tag in die Nacht reisen?« Sanft nahm er ihre Hände. »Sie haben die Glaswand durchschritten, Paola. Lassen Sie Ihre Augen noch zu und betrachten Sie weiter Ihre Sternennacht. Wählen Sie einen Stern von Ihrem ganz eigenen Himmel und lassen ihn durch Ihr Leben leuchten, machen Sie ihn zum schönsten, zum tollsten Stern, so schön, daß alle anderen Sterne am Himmel für einen Augenblick aufhören zu leuchten und er ganz alleine am Himmel strahlt.«

»Ja, ich hab ihn!«

»Gut. Das ist nun für immer Ihr Stern, Paola, und es liegt nur an Ihnen, ob Sie ihn Ihr ganzes Leben lang, Tag und Nacht, leuchten lassen. Der Stern wird immer für Sie dasein, auch wenn es stürmt und die Brandung an die Klippen kracht, auch wenn Sie sich verlieben, wenn Sie lieben und die Bilder in den Spiegeln auf den anderen projizieren. Doch vor allem wird der Stern dasein, wenn Sie aufrecht auf den Schwingen Ihres Traums stehen, Paola.«

»Wie das Licht des Leuchtturms«, sagte sie.

Der Admiral lächelte. »Ja.« Er sah sie eine Weile an, dann sagte er: »Meinen Sie, Sie werden je malen oder wunderbare Mosaiken machen?«

Sie sah ihn verdutzt an.

»Woher wissen Sie von den Mosaiken?«

»Martin hat es mir gesagt. Aber das ist nicht der Punkt. Meinen Sie, Sie werden es tun?«

»Ich weiß nicht, ob ich das kann.«

»Sie können, Paola, ich weiß, daß Sie es können. Sie haben eine Gabe, die nicht von Ihren zarten Händen kommt, sondern von innen, und was Sie haben, kann nie vergehen, aber es ist hinter der gläsernen Wand. Durchbrechen Sie die Wand, Paola. Sie sind Künstlerin, Sie können Ihren Traum leben.«

»Meinen eigenen Traum …«, sagte Paola mit Tränen in ihren wunderschönen braunen Augen.

»Wissen Sie, warum ich Kinder so bewundere?« fuhr der Admiral fort. »Wenn ich unter Kindern bin, fühle ich mich nicht mehr als Erwachsener. Sie erinnern mich immer daran, daß es Wichtigeres im Leben gibt, als die meisten Erwachsenen meinen – Fahrradfahren, mit einem Reifen spielen, an einer Rose riechen, zusehen, wie ein Vogel ein Nest baut, malen, Mosaiken machen. Und keine Angst vor den gläsernen Wänden haben …«

Ich nahm Paolas Hand. Der Admiral stellte sich ans Fenster, sah in den Himmel, und als wären wir gar nicht da, sprach er zum Wind:

O Leben,
Du bist ein Risiko.
Doch wenn es nicht so wäre,
Wärst Du ein Nichts!

Verzeihen

Ich war fasziniert, wie der Admiral Paola das Wesen enthüllte, das immer in ihr geschlummert hatte, ohne daß sie es kannte.

Dieser Mann war fast wie ein Vater für uns, er war so weise, daß ich mir die Gelegenheit nicht entgehen lassen wollte, ihn um Rat bezüglich einer schmerzlichen Erinnerung zu fragen, die ich nun schon so lange in mir verschloß. Ich hoffte, der Admiral würde mir helfen, diese gläserne Wand endgültig zu durchschreiten, was mir allein bislang nicht gelungen war.

»Admiral?«

»Ja, Martin?«

»Darf ich Ihnen etwas erzählen?«

»Natürlich.«

»Der Tod meiner Mutter hat mich am meisten geschmerzt im Leben. Mir brach wirklich das Herz.«

»Sie meinten damals wohl, alles sei zu Ende.«

»Ja. Und ich habe, glaube ich, einen Fehler gemacht.«

»Und der wäre?«

»Anstatt mir bewußt zu machen, was geschehen war, warum sie gehen mußte, was ihr Schicksal gewesen war, wollte ich nur noch vergessen. Ich fing an zu trinken.«

»Viel?«

»Mehr als das Übliche. Doch als mein Herz aufhörte zu trauern, trank ich weiter. Ich habe mir nie klargemacht, daß mir das schaden könnte, aber es hat mir geschadet.«

»Auf welche Weise?«

»Ich habe sehr viele Menschen verletzt. Ich tat Dinge, die ich später bereute. Ich möchte andere doch nicht verletzen!«

»Trinken Sie immer noch?«

»Nein, ich habe aufgehört. Paola mochte es nicht.«

»Taten Sie es für Paola?«

»Nein, für mich.«

»Das ist gut, mein Freund. Wenn Sie so eine schwierige Entscheidung treffen, dann sollten Sie dies nur für einen Menschen tun, dem es dadurch wirklich bessergeht: für Sie selbst.«

»Das stimmt. Aber ich fühle mich immer noch schuldig wegen all des Leids, das ich anderen und mir selbst zugefügt habe.«

»Hören Sie, Martin: Wenn Sie andere und sich selbst verletzen, beweist das nur, daß Sie ein Mensch sind wie jeder andere auch. Was Sie taten, war falsch – aber machen wir denn nicht alle Fehler? Seien Sie nicht so hart zu sich selbst.«

»Ich versuche es. Aber die Erinnerungen kommen immer wieder hoch, und dann fühle ich mich so schuldig …«

»Das ist doch gut«, sagte er. »Das zeigt, daß Sie Ihren Fehler erkannt haben. Aber für jedes Problem gibt es auch eine Lösung.«

»Was soll ich also tun?«

»Bitten Sie diejenigen, die Sie verletzt haben, um Verzeihung. Und vor allem sich selbst. Hegen Sie keine Bitterkeit in Ihrem Herzen, denn sonst muß das Glück sich einen anderen Hafen suchen. Jedes Scheitern birgt die Möglichkeit, von vorn anzufangen und es klüger anzustellen. Durchschreiten Sie die gläserne Wand, Martin, und gehen Sie weiter auf Ihrem Weg.«

Er hatte recht. Ich mußte meine Schuld begleichen. Und das würde ich auch tun.

»Was halten Sie von Paola, Admiral?«

»Menschlich gesehen?«

»Ja.«

»Sie ist wunderbar, sie hat zwar immer noch ein bißchen Angst vor dem Leben, aber sie ist eine zarte Seele, die sich danach sehnt, ihre Bestimmung zu finden.«

»Wir haben ein Problem, Admiral – nicht wir beide, aber im Umfeld unserer Beziehung.«

»Paolas Eltern?«

»Ja. Paola hat versucht, mit ihnen zu reden, ihnen begreiflich zu machen, warum sie tut, was sie tut. Aber es hat nicht geklappt. Ich kann nicht mit ansehen, wie Paola leidet, sie liebt ihre Eltern doch von ganzem Herzen. Aber sie sind immer noch nicht damit einverstanden, wie wir unsere Beziehung leben. Sie wollen, daß wir heiraten; erst dann dürften wir zu zweit all die Dinge tun, die wir tun – reisen, zusammenleben. Wir haben zwar nicht das Gefühl, daß wir etwas falsch machen, weil wir einander doch so lieben, aber ich kann einfach nicht verstehen, warum manche Menschen das Leben immer nur aus ihrer Perspektive sehen. Damit will ich sagen: Wenn wir nicht mit ihren Ansichten konform gehen, finden sie falsch, was wir tun. Auf meinen Reisen durch die Welt wurde mir bewußt, daß Einstellungen je nach Ort verschieden sind. Ich habe gelernt, die Ansichten und Haltungen anderer zu respektieren. Aber warum respektieren sie nicht auch unseren Wunsch, unser Leben nach unseren eigenen Vorstellungen zu leben?«

»Das ist eine schwierige Frage. Vielleicht haben sie immer nur einen Weg gesehen, wie die Welt funktioniert, und sie haben Angst, ihre Tochter könnte Entscheidungen treffen, die ihrer Erziehung entgegenstehen. Vergessen Sie nicht, daß noch vor nicht allzulanger Zeit die Kirche und andere Einrichtungen das Leben der Menschen bestimmten. Man mußte die Regeln einhalten, die uns die Gesellschaft auferlegte, ansonsten war man geächtet. Und zufällig trug ich dieses Stigma von Anfang an.«

»Was sollte ich Ihrer Meinung nach tun?«

»Was sagt Paola dazu?«

»Ich weiß es nicht. Wenn wir zu zweit sind, ist unser Leben voller Magie. Die Liebe leitet uns, und wir fühlen uns wohl, wenn wir zusammen all das machen, was wir so gerne tun. Doch wenn wir dann wieder bei ihren Eltern sind, bin ich mir nicht sicher, ob sie Schuldgefühle hat, weil sie nicht tut, was ihre Eltern von ihr erwarten, oder ob sie solche Angst vor ihnen hat, daß sie ihnen nicht sagt, was sie denkt.«

Der Admiral sah zum Fenster heraus. »Nun, Martin, ich kann

Ihnen nur raten, sie so sehr zu lieben, wie Sie nur können, und ihr diese Liebe auch zu zeigen. Sie sollten ihre Eltern respektieren, denn sie lieben Paola auf einzigartige Weise. Aber lassen Sie sich von Dritten nicht in Träume hineinreden, die einzig und allein Ihnen und Paola gehören. Wenn Sie beide ganz tief in Ihren Herzen überzeugt sind, daß Sie nichts Falsches tun, dann muß Paola einsehen, daß nicht sie diejenige ist, die ihre Eltern verletzt, sondern daß ihre Eltern sich selbst verletzen, indem sie nicht sehen, daß es mehr als einen Weg durch das Leben und zum Glück gibt. Sie müssen erkennen, daß Ihre Beziehung nur Sie und Paola etwas angeht. Aber so hart Paolas Eltern auch wirken, Sie müssen immer daran denken, daß in jeder harten Schale auch ein weicher Kern steckt, der geliebt und geachtet werden will.«

»Manchmal ist sie so durcheinander. Sie kann nicht mit ihrem Vater sprechen, und dann wird alles nur noch schlimmer. Ich weiß nicht, ob sie sich gegen Traditionen und Konventionen stellen kann.«

»Sie kann die gläserne Wand nicht durchschreiten.«

»Genau.«

»Niemand kann alle gläsernen Wände seines Lebens durchschreiten«, sagte der Admiral. »Manchmal braucht es viel Zeit, und es gehört viel Mut dazu. Geben Sie ihr also Zeit und Raum, damit sie erkennen kann, was sie selbst will. Doch warten Sie nicht zu lange, denn vielleicht kann sie sich am Ende nicht entscheiden, und das ist immer schlimmer, als eine Entscheidung zu treffen, ob sie sich nun gut oder schlecht auswirkt. Und es ändert nichts an den Tatsachen, wenn man die Augen davor verschließt. Aber hüten Sie sich davor, in ein Leben hineingezogen zu werden, das Sie nicht leben wollen. Je früher Sie und Paola eine Entscheidung treffen, desto besser. Ich weiß, daß die Liebe alles erträgt, daß ihr Vertrauen grenzenlos ist, daß sie niemals die Hoffnung verliert und alles überdauert. Aber treiben Sie die reine Liebe nicht an ihre Grenzen, das wäre sehr gefährlich. Sie können Paola mit Ihrer Liebe, Ihrer Kraft und Ihrem Glauben unterstützen, aber nur sie selbst kann ihre Glaswände durchschreiten. Das kann ihr niemand abnehmen.«

In diesem Augenblick kam Paola herein. Sie hatte einen Spaziergang auf den Klippen gemacht und Kiesel für ihre Mosaiken gesucht.

»Hallo, Paola.«

»Hallo, Admiral, hallo, Martin.« Sie kam zu mir und küßte mich zärtlich.

Der Admiral sagte zu ihr: »Ihr Glück ist die perfekte Widerspiegelung Ihrer Seele. Und Ihre Liebe für Martin ist nicht käuflich; wichtiger noch – sie ist nicht verkäuflich.«

»Worüber habt ihr denn geredet, Martin?«

Der Admiral stand auf und blickte wieder zum Fenster hinaus auf die Welt, die er so liebte.

»Manche Leute tanzen nach dem Rhythmus eines fremden Trommlers, Paola«, sagte er. »Sie handeln anders, weil sie anders empfinden. Manchmal bringt ein Unglück so viel Schmerz, daß man sich verirrt. Dann ändert sich plötzlich die Welt. Aber man muß weitergehen und es besser machen.«

Er drehte sich um.

»Eine Veränderung ist nie einfach, Paola. Das weiß ich aus eigener Erfahrung. Sie wollen mit aller Kraft am Altbekannten festhalten, aber Sie wollen sich auch mit aller Kraft ändern und der Stimme Ihres Herzens folgen. Das kann ganz schön hart werden. Aber denken Sie immer daran: Das Schlimmste, was Sie tun können, ist, Ihr Leben zu vergeuden, indem Sie nichts tun und sich nie entscheiden. Das Leben ist voll von solchen schwierigen Entscheidungen. Immer wenn Sie eine Tür öffnen, schließen Sie eine andere. Und doch müssen wir am Ende zu unseren Entscheidungen stehen und danach leben, egal, wie sehr uns das Herz blutet und wie sehr es uns schmerzt.«

»Ja, es schmerzt«, sagte sie.

»Als Kind ist alles ganz einfach. Wenn man älter wird, verliert sich der Zauber, und in gewisser Weise verlieren wir auch uns selbst. Wir machen Fehler. Wir sperren das Kind in uns ein und lassen es nicht heraus. Wir dämpfen den Zauber des Lebens, indem wir uns hinter der gläsernen Wand verstecken. Es ist schwierig, mit sich in vollkommenem Frieden zu sein, Paola. Aber Sie haben in diesem Meer des Lebens einen Schatz gefunden: die Liebe, die Martin für Sie hegt; Ihre Familie und Ihre Träume. Und Martin weiß, daß die Natur mehr gibt, als sie nimmt. Und das Meer wird Martin immer wieder zu dem Mann führen, der er sein will. So sollte es auch bei Ihnen sein, Paola, mit der Erfüllung, die Sie in Ihren Mosaiken gefunden haben.«

Möwen glitten über den Leuchtturm. Der Admiral sah auf und sagte:

Wie leicht verliert man sich im flatternden Schwarm der Möwen!
Doch konzentriere dich auf eine einzige,
Beobachte sie aufmerksam,
Und dann stellst du plötzlich fest,
Daß sie zwar mit dem Schwarm fliegt und gleitet,
Daß sie aber einzigartig ist.
Das sollten wir auch sein.

Er sah mich an.

»Die Menschen sind nicht dazu bestimmt, alleine zu leben, Martin, jedenfalls nicht für immer. Das Meer hat Ihnen geholfen, Ihren Weg im Leben zu finden, aber betrachten Sie die Möwen und Delphine – sie sind dazu bestimmt, ihren eigenen Weg zu gehen, aber sie sind nicht allein; nicht immer.«

Dann wandte er sich an Paola: »Ich habe gemerkt, daß ich nicht in der Vergangenheit leben kann. Können Sie das, liebe Paola? Meinen Sie nicht, es ist an der Zeit, sich den Wind der Zukunft um die Nase streichen zu lassen, woher er auch weht? Ihr Herz frei atmen und Sie dorthin führen zu lassen, wohin Sie gehen wollen – unabhängig von der Meinung anderer?«

»Irgendwann wird es soweit sein«, sagte sie.

Der Admiral nahm ein altes Kaleidoskop aus der Tasche und gab es Paola. »Halten Sie es ins Licht.«

»So viele schöne Farben!«

»Nun denn, Paola, gehen Sie in das Land der tausend Regenbögen, an den Ort, wo alle Farben ihren Zauber in schönster Harmonie enthüllen. Sehen Sie die Dinge mit den Augen Ihres eigenen Herzens, nicht mit dem der anderen. Vergessen Sie für einen Moment, welche Farben die anderen wählen würden. Träumen Sie. Durchschreiten Sie die gläsernen Wände, wählen Sie Ihre eigene Farbe, Ihr eigenes, wunderbares und einzigartiges Licht und folgen Sie ihm. Verteidigen Sie Ihre Überzeugungen mit Taten, nicht mit Worten. Leben Sie, so gut Sie können, geben Sie nicht auf. So wird Ihr Leben seinen eigenen Weg finden. Sie werden die Geheimnisse des Lebens entdecken, in allen Hindernissen eine Chance finden und Rückschläge zu Sprungbrettern machen. Sie werden lernen, immer Sie selbst zu sein, egal, was andere denken.«

Erleuchtung

»Erzählen Sie mir von den Leuchtfeuern«, bat Paola den Admiral. »Inwiefern unterscheiden sie sich?«

»Oh, auf verschiedene Weise«, antwortete er. »Da gibt es zum Beispiel die Fresnel-Linse. Sie besteht aus einer zentralen konvexen Linse und sie umgebenden Glasprismen, die das Licht durch Refraktion stark bündeln und durch Reflexion weit tragen.«

»Refraktion und Reflexion?« fragte sie.

»Durch Reflexion wird der Lichtstrahl gebrochen und zurückgeworfen, durch Refraktion wird er gekrümmt. Aber das ist nicht alles: Am wichtigsten ist die Laterne, die Lichtquelle hinter der Linse, ob es nun ein elektrisches Licht ist oder eine Öllampe. Die Linse grenzt das Licht scharf ab und macht es ganz hell, und durch die Verglasung des Laternendecks, die ›Sturmscheiben‹, wird das Leuchtfeuer noch zusätzlich verstärkt.«

»Das klingt ziemlich kompliziert«, meinte Paola.

»Ganz und gar nicht! Betrachten Sie es wie ein Kinderspiel. Wenn man etwas liebt, versucht man, es schon zum reinen Vergnügen nicht kompliziert zu machen.«

»Meinen Sie?«

»O ja! Haben Sie nicht manchmal das Gefühl, Sie würden eher spielen als arbeiten, wenn Sie ein Gebäude planen?«

Sie lächelte. »Doch.«

»Geben Sie uns doch ein Beispiel, Admiral, dann verstehen wir besser, was Sie meinen«, sagte ich.

»Als Kind spazierte ich oft mit meinem Vater über Klippen, ähnlich wie diese hier. Ich erinnere mich vor allem daran, daß ich ihn immer an der Hand nahm.«

»Die kleine Hand hält die große«, sagte ich.

»Ja, genauso war es. Nicht die große starke Hand hielt die

kleine, sondern die zarte kleine Hand hielt die große. Das vergesse ich nie. Es war nur ein Moment – aber diese Erinnerung wird mir immer bleiben. Und nun, im Herbst meines Lebens, weiß ich, daß ich von jenen, die ihre kindliche Naivität noch nicht verloren haben, die die Dinge immer noch so sehen können, wie sie wirklich sind – nämlich ganz einfach –, daß ich von jenen immer noch eine Menge lernen kann. Und dank dem Kind, das ich mein ganzes Leben lang war, weiß ich auch, daß ich die Wahrheit überall gesucht habe, wo sie doch immer in meinem Herzen war – wie die kleine Hand, die bei der großen Hand Sicherheit suchte, während ich die große Sonne betrachtete, die unterging und im Meer versank. Nehmen Sie also das Leben nicht zu ernst, Paola, und genießen Sie seine Wohltaten. Sie müssen nicht die Größte sein, auch nicht die Stärkste oder Klügste. Seien Sie einfach nur wahrhaftig. Sorgen Sie sich nicht, was andere über Sie denken könnten, sehen Sie die wichtigen Dinge des Lebens; Kinder können sie sehen, Erwachsene übersehen sie meist.«

»Und glauben Sie, daß dann etwas Besonderes mit mir geschieht?« fragte sie.

»Vielleicht wissen Sie es noch nicht, Paola, aber es geschieht schon.«

Ich lächelte.

Der Tag verging schnell. Wir arbeiteten viel, und der Leuchtturm wurde immer schöner. Die junge Nacht zeigte schon ein paar Sterne, der Vollmond ging auf.

Der Admiral hatte sich ans Fenster gestellt, wo er immer stundenlang die Welt außerhalb seiner eigenen Welt betrachtete.

Paola saß draußen auf den Klippen. Ich ging zu ihr und setzte mich neben sie.

»Was denkst du?« fragte ich.

»Er ist eine gute Seele.«

»Wer?«

»Der Admiral.«

»Ja, ich habe Leute immer bewundert, die vor ihrer Zeit geboren wurden und sich durch alle möglichen Schwierigkeiten kämpfen mußten, nur weil sie anders waren. Und am Ende hat die Zeit gezeigt, daß sie recht hatten.«

»Ja«, sagte Paola, »ich glaube, dieser Mann hat mir geholfen, binnen kürzestem das wahre Glück zu berühren, nun bin ich süchtig danach.«

»Du meinst, die gläsernen Wände zu durchbrechen, von denen der Admiral gesprochen hat?«

»Ja, als würde ich die Dinge nun mit anderen Augen und aus einem ganz anderen Blickwinkel sehen.« Sie blickte zum Horizont. »Fast hätte ich für immer die Augen geschlossen, Martin, fast hätte ich mich selbst in dem Chaos begraben, das der Nebel mit sich gebracht hat. Ich konnte mein Leben, meine Träume und mein ureigenes Licht nicht mit meinen eigenen Augen betrachten.«

Ich lächelte. »Schön, das zu hören!«

Sie sah mir in die Augen. »Und weißt du was?«

»Was?«

»Ich kann nun auch sehen, wer du wirklich bist. Ein Träumer. Du bist ein Mensch wie alle anderen, aber du bist und bleibst ein Träumer.«

»Danke.«

»Nichts zu danken. Durch dich wurde mir klar, daß man nur einmal jung ist, aber ich wurde mir auch bewußt, daß man ein Leben lang jung bleiben kann. Daß es tausend Wege gibt, das macht diese wunderbare Reise aus: das Leben.«

Liebe

Auf einem unserer schönen Ausflüge zum Leuchtturm sagte der Admiral gerade mal fünf Kilometer vom Ziel entfernt: »Halten Sie an!«

»Was ist denn, Admiral?« fragte Paola.

»Bitte, halten Sie an.«

Ich hielt neben einer prächtigen grünen Kiefer, sie war mindestens dreißig Jahre alt.

Der Admiral nahm seinen Stock, stieg aus und ging langsam zu dem alten Baum. Er berührte ihn zärtlich, ging in die Knie und umarmte ihn.

Paola und ich sahen schweigend zu.

»Geht es Ihnen gut, Admiral?« rief sie.

»O ja, es geht mir bestens. Jedenfalls besser als sonst.«

»Was bedeutet dieser Baum für Sie?« Ich mußte diese Frage stellen.

Er blickte mich nicht an, er sah immer nur auf den Baum und spielte mit einem kleinen Zweig.

»Diesen Baum hat meine Frau vor vielen, vielen Jahren gepflanzt.«

»Sind Sie sicher, daß es dieser Baum ist? Es ist doch schon so lange her.«

»Kommen Sie.«

Wir gingen zu ihm, er hielt einen Ast in der einen Hand, mit der anderen berührte er eine Inschrift auf dem Ast.

Wahre Träumer empfinden tief,
Trotzdem wollen Sie sich vergnügen.
Sie sind zufrieden und auch nicht.
Sie sind reif, sehnen sich aber nach Wachstum.

Und das liebe ich an Dir, Samuel.
Deshalb, vergiß nicht:
Was auch passiert,
Ich bin immer bei Dir,
Und Du bist bei mir.
Elvira

»Wer ist Samuel?« fragte Paola.

»Ich«, antwortete der Admiral.

Wir schwiegen und spürten beide, daß der Admiral einen übermenschlich tiefen Schmerz empfand.

»Sie fehlt mir so sehr«, sagte er.

So viel Schmerz, so viel Elend konnte Paola nicht ertragen. Sie setzte sich neben ihn.

»Erzählen Sie mir von ihr, bitte.«

»Oh, wunderbare Paola, Sie können sich nicht vorstellen, wie sehr es schmerzt, etwas oder jemanden zu verlieren und nicht zu wissen, ob Sie es oder ihn jemals wiedersehen! Sie war mein ein und alles, und sie hat mich in jeder Hinsicht gerettet.«

»Wie meinen Sie das?«

»Sie hat mir beigebracht, daß die Natur einen Mann oder eine Frau zu dem macht, was er oder sie wirklich ist. Sie hat mir gezeigt, daß das Leben in der Natur, fern der Menschen und der Dinge, die der Mensch macht und tut, gut für die Seele ist. Wissen Sie, Sie war Dichterin, eine Dichterin der Gedanken, nicht der Worte. Aber vor allem hat sie mir gezeigt, was Liebe ist.«

»Hat Sie ihre Gedichte niedergeschrieben?«

»Selten. Sie schrieb ihre Gedanken lieber in den Sand, in den Ast eines alten Baums, an die Mauer des Leuchtturms, in das Flüstern des Winds. Ich hatte großes Glück, mit einer Frau verheiratet zu sein, die ihre Leidenschaft lebte und sie in einem solchen Maß auf mich übertrug, daß das Leben zu einem wunderbaren Abenteuer wurde. Vielleicht war das Geheimnis unserer Liebe, daß wir immer zuerst an das Glück des anderen dachten.«

Er stand auf, stützte sich fest auf den Stock und sah aufs Meer hinaus.

»Solche Tage wie diesen hat sie immer gemocht, den leichten Duft des Herbstlaubs, der auf dem Rücken des Südwinds reitet. Sie liebte Bäume und das Rascheln des Laubs. Sie entspannte sich, wenn sie den Blättern lauschte. Sie schien das Leben mehr zu genießen als jeder andere Mensch, und so verliebte ich mich in sie. Und sie lehrte mich auch noch etwas anderes.«

»Was?« fragte Paola.

»Daß meine Liebe für sie und ihre Liebe für mich nur für uns beide bestimmt waren. Daß wir nur glücklich sein konnten, wenn wir zusammen waren und unseren Traum lebten – egal, was andere dachten.« Er weinte.

Wenn ein Mann weint, kommt das Kind in ihm wieder zum Vorschein, dachte ich.

»Paola«, sagte der Admiral, »gehen Sie hinüber zu dem Gummibaum, und sagen Sie mir, was da steht.«

Sie ging, ich blieb beim Admiral.

»Admiral?«

»Ja, Paola?«

»Soll ich laut lesen?«

Er kämpfte mit den Tränen. »Ja, bitte ...«

Könnte ich doch auf diesem wundervollen Stück Holz
Nicht nur ausdrücken, was ich sehe,
Wenn die Sonne durch die Wolken sticht,
Sondern auch, was ich fühle,
Wenn der Wind mein Gesicht liebkost,
Die Möwen über den Himmel gleiten
Und sie ihren Schwingen danken
Für die Freiheit, durch den Himmel zu ziehen;
Und was ich höre,
Wenn die Wellen tief durch
Meine Seele rauschen.

Was ich atme,
Wenn der Seewind mir sagt,
Wie schön das Leben ist …
O Leben! Könnte ich doch nur!
Elvira

Wir fuhren weiter zum Leuchtturm. Der Admiral war eingeschlummert. Das war gut so, denn die Zeit würde sein Herz von all den wundervollen und so traurigen Erinnerungen zugleich reinigen. Ich fuhr langsam.

»Martin?«

»Ja, meine Prinzessin?«

»Eigentlich ist es schrecklich, jemanden zu lieben.«

»Wie meinst du das?«

»Dichter beschreiben Liebe oft als ein Gefühl, das man nicht kontrollieren kann, das den gesunden Menschenverstand und das Denken ausschaltet. So war es auch bei mir. Ich wollte mich nicht in dich verlieben, und ich glaube, auch du wolltest dich nicht in mich verlieben. Aber als wir uns trafen, war klar, daß wir die Kontrolle verloren hatten über das, was mit uns geschah. Wir haben uns verliebt, obwohl wir so unterschiedlich sind, und als es passiert war, war etwas ganz Seltenes und Schönes entstanden. So eine Liebe habe ich noch nie erlebt, und deshalb schreibt sich jede Minute, die wir zusammen verbringen, in mein Gedächtnis ein. Ich werde keinen einzigen Moment mit dir vergessen.«

»Was willst du mir damit sagen?«

»Daß unsere Zukunft manchmal von dem bestimmt wird, was wir sind, und daß es dem, was wir wollen, entgegensteht.«

»Du kannst nicht immer auf deine Ängste hören«, sagte ich. »Ich kann mir nicht aussuchen, was ich fühle, aber ich kann wählen, was ich tue.«

»Du bist mir ein Rätsel.«

»Sind wir nicht alle ein Rätsel?«

SAM

Schließlich kamen wir an. Der Admiral war kurz vor der Ankunft aufgewacht, er sah traurig aus.

Paola machte einen richtigen englischen Tee mit Keksen und Kuchen. Wir wollten den Admiral aufheitern und ihm ein Lächeln entlocken.

»Es geht mir gut«, sagte er. »Erinnerungen sind schön, aber manchmal schmerzen sie. Ich wäre jetzt nicht so traurig, wenn ich mit meiner geliebten Elvira nicht so glücklich gewesen wäre. Ich werde sie nie vergessen, ich werde immer an sie denken.«

Er stand vom Tisch auf und ging zu seinem geliebten Fenster. Wir sagten nichts, wir wußten nicht, was wir sagen sollten.

»Richtig dicke Suppe, dieser Nebel heute«, sagte er mit einem Lächeln.

Ich mußte zustimmen.

»Das Leben kommt mir manchmal vor wie der Horizont bei Nebel. Wir wissen, daß der Horizont, unser Ziel, da ist, aber wir können ihn im Nebel nicht ausmachen. Wenn wir nur keine Angst hätten, durch den Nebel zu gehen!« sagte er.

»Ich glaube, es ist zutiefst menschlich, Angst zu haben, wenn man nicht weiß, wohin die Reise geht, Admiral.«

»Das stimmt. Aber der Nebel verhüllt den Horizont nur manchmal, an klaren Tagen wirkt es ganz einfach, ihn zu erreichen.«

»Manchmal denken wir eben, wir hätten keine Kontrolle über unsere Probleme.«

»Nicht nur über die Probleme, Martin, sondern auch über deren Lösungen.«

Gläserne Wände

Der Leuchtturm strahlte so hell wie nie zuvor.

Wir hatten gar nicht richtig gemerkt, daß unsere Restaurierungsarbeiten schon Früchte trugen. Die Westwand war nun fast fertig, und in den Innenräumen hatte ein neuer Anstrich Wunder gewirkt; wir hatten auch die Felsen gereinigt, die das Gebäude stützten, und die Löcher im Putz verspachtelt. Alles sah nun wieder bewohnt aus und war schöner denn je.

Ich arbeitete mit dem Admiral zusammen draußen an der Westwand.

»Ein wunderbarer Blick!« sagte er.

Ich mußte ihm beipflichten.

»Haben Sie auch schon erlebt, daß sich oft ein gutes Gespräch ergibt, während man von den Wundern der Natur hingerissen ist?«

Ich lächelte. »O ja!«

Er saß neben einer Felsspalte, die noch gefüllt werden mußte, zündete seine Pfeife an und blickte aufs Meer. Paola setzte sich zu mir und schwieg.

»Wer besitzt Ihrer Meinung nach die Wahrheit, Martin?« fragte er unvermittelt.

»Ich weiß es nicht. Die Wahrheit liegt immer im Auge des Betrachters.«

»Und doch – wenn Sie eine Meile weiter gehen, als Sie müßten, wenn Sie eine Weile länger suchen, als man von Ihnen erwartet, werden Sie sicherlich erkennen, daß die Wahrheit, unabhängig vom Betrachter, fest dasteht, wie ein Fels in der Brandung, und auf denjenigen wartet, der ein Stückchen weiter wandert, um mit dem Herzen zu sehen und nicht mit den Augen.«

»Je mehr man im Leben lernt, desto näher kommt man der Wahrheit – meinen Sie das?«

»Wenn Sie die Ketten der Welt sprengen, Martin, finden Sie die Wahrheit, das meine ich. Durchbrechen Sie die Glaswand, treten Sie ein in die Musik, die Sie hören. Öffnen Sie Ihre Seele und Ihr Herz den Wundern, die vor Ihnen liegen. Genießen Sie die Wahrheit, nach und nach, und machen Sie aus Ihrem Leben etwas Einzigartiges. Das ist der Unterschied, jedenfalls war er es für mich.«

Er drehte sich zum Leuchtturm, auf dessen Mauer verblichene Bilder von Kriegsschiffen prangten wie Geister der Vergangenheit.

»Trotzdem muß ich Paolas Frage wiederholen, Admiral – ich finde richtig, was Sie sagen, und ich weiß, daß viele andere Menschen Ihnen nur zu gern zuhören würden. Warum sprechen Sie denn mit niemandem?«

Er lächelte. »Wir alle haben eine Mission, aber wir müssen vorsichtig mit unserem Leben umgehen. Ich weiß, daß ich schweigen mußte, daß ich meine gläsernen Wände durchbrechen und diese Gedanken, die sich daraus ergaben, für mich behalten mußte, um zu lernen, was ich nun weiß.«

»Aber meinen Sie nicht, daß nun die Zeit gekommen ist, wo Sie die Wahrheit sagen und mitteilen können, woran Sie glauben?«

Wie ein Vater nahm er sanft meinen Arm.

»Was tue ich denn Ihrer Meinung nach? Ihnen sage ich, woran ich glaube. Aber Sie haben eine andere Aufgabe als ich, Martin.«

»Wie meinen Sie das?«

»Ich würde mir wünschen, daß Sie all das aufschreiben, was ich Ihnen sage. Verbreiten Sie, was ich in meinem Leben gelernt habe, so wie Paola mir geholfen hat, den Leuchtturm zu restaurieren.«

Paola sah mich lächelnd an. »Nun hast du eine Aufgabe, Martin.«

»Aber *Sie* sind doch derjenige, der etwas gelernt hat, ich stehe erst am Anfang, ich muß noch eine Menge lernen.«

»Das müssen wir doch alle. Ich wurde in eine andere Zeit hineingeboren; als ich so alt war wie Sie, beherrschten Konventionen all unser Handeln. Religion, Eltern, Lehrer, sie hatten immer recht, niemand zweifelte daran. Bis auf wenige, aber die kamen nie zu Wort. Gläserne Wände waren überall! Alle dachten, ich schwämme gegen den Strom, der zwischen uns floß, sie merkten nie, daß ich in Wirklichkeit versuchte, ans Ufer zu kommen, raus aus diesem Strudel der Normen, hin zu meinem eigenen Strom, wo ich all die Dinge entdecken konnte, von denen ich Ihnen nun erzähle. Aber das sah niemand – sie konnten es nicht, oder sie wollten es nicht. Es ist leicht, für etwas einzustehen, das kein Risiko birgt. Die meisten Menschen wollen kein Risiko eingehen, denn schließlich könnte man scheitern. Und die meisten sind auch nicht bereit, ihre Träume bis zum Ende zu leben. Ich war bereit, und ich habe den Preis bezahlt, den es kostet, man selbst zu sein. Niemand hat mich verstanden, aber ich konnte nicht gegen meine innere Stimme handeln, ich konnte sie nicht zum Schweigen bringen, ich wollte es auch nicht. Und so streunte meine Seele eine Weile herum, bis ich sie endlich heimführte. Nun, da das Herbstlaub auf mein Leben fällt, wird mir bewußt, daß die Zeit gekommen ist, das Gute zu erinnern und das Schlechte zu vergessen. Zeit, mich anderen mitzuteilen, und die Zeit für Sie, mir bei der Erfüllung meiner Mission zu helfen.«

Paola zitterte. Ich nahm ihre Hand und küßte sie zärtlich auf die Wange. Sie nahm mich in den Arm und legte ihren Kopf an meine Schulter.

Der Admiral sah uns an.

»Seien Sie immer Sie selbst. Die Welt hat sich verändert, und egal, was man Ihnen sagt, sie hat sich zum Guten verändert. Es ist eine wunderbare Zeit zum Leben!« Er fuhr fort: »Paola und Martin, Sie haben mir geholfen, wieder ich selbst zu sein. Nun müssen Sie sich selbst helfen. Ich glaube, für jeden Menschen gibt es eine Liebe auf dieser Welt. Sie haben sich gefunden. Nun hängt es von Ihnen beiden ab, ob Sie auch den Mut haben, diese Liebe zu umfangen, damit sie immer weiter wachsen kann.«

Lebendig sein

Wieder holten wir den Admiral vom Klinikum ab.

Es war ein sonniger, schöner Tag, vielleicht ein bißchen heiß, aber an der Küste würde die Hitze nachlassen. Es gab immer einen Temperaturunterschied zwischen Santiago und der zerklüfteten chilenischen Küste, die vom auflandigen Südwind umweht wurde.

Kaum betraten wir das Hospital, da sah uns die Schwester und kam auf uns zugelaufen.

»Martin! Paola!«

»Was ist denn passiert, Señora Gonzales?« Ich hatte schon Angst, dem Admiral sei etwas zugestoßen.

»Er hat gesprochen!« rief sie aus.

»Wer?«

»Der Admiral! Ich weiß nicht, was Sie immer mit ihm machen, aber er hat sich so unglaublich verändert!« Sie hielt inne und sagte dann: »Das müssen Sie selbst erleben!«

Wir gingen die alte Treppe zum Pavillon hinauf, wo der Admiral schon so viele Jahre lebte. Wir sahen uns um, aber er war nicht da.

»Wo ist er denn?« fragte Paola.

Señora Gonzales strahlte. »Da, vor Ihnen!«

Wir starrten ihn ungläubig an. Der alte, dahinvegetierende Mann aus dem Heim hatte sich komplett verändert. Er trug eine Marineuniform, hatte sein Haar zurückgekämmt und begrüßte uns mit einem breiten Lächeln. Er war der Mann, den wir nur aus dem Leuchtturm kannten.

»Guten Morgen, Freunde!«

»Admiral!«

»Ja, ja, ich weiß, was Sie sagen wollen. Es tut gut, mal wieder in der Welt zu sein.« Und er lächelte, wie nur wir es bislang bei ihm gesehen hatten.

»Und was ist der frohe Anlaß?« fragte Paola.

»Endlich ist mein Traum wahr geworden, Paola. Ich will Ihnen und Martin ein Geheimnis enthüllen, das Ihnen helfen kann, Ihre gläsernen Wände zu durchbrechen und aus Ihrem Leben etwas Einzigartiges zu machen. – Señora Gonzales!«

»Ja, Admiral?«

»Danke für alles. Die Liebe, die Sie mir und anderen hier geschenkt haben, bleibt auf ewig im Universum erhalten, das verspreche ich Ihnen.« Er nahm sie in den Arm und drückte ihr einen Kuß auf die Wange.

»Danke, Admiral.« Ein paar Tränen stahlen sich aus ihren Augen.

Der Seewind war kühl, fast schneidend, als wir am Leuchtturm ankamen. Der Himmel war mit verschiedenen Farben durchwoben – direkt über uns erhob sich ein schwarzer Fleck wie ein Berggipfel, dahinter strahlten unendlich viele Blautöne, die immer heller wurden und zum Horizont hin ausliefen, der grau verschwamm. Ich atmete tief durch, roch die Pinien und das Salz des Meeres.

Ich sah, daß auch Paola all das wahrnahm. Ihre Sinne waren lebendig geworden, regten sie an, und sie spürte, wie ihr Geist die Schönheit dieses Schauspiels durchdrang.

»Alles hat seine Zeit. Auch die Liebe. Und das Gefühl für das, was man fühlen sollte«, sagte sie.

Der Admiral sah sie an und lächelte. Dann blickte er in die weichen hellen Strahlen der Sonne, die durchs Fenster fielen. »Viele der schönsten Gedanken wurden niemals niedergeschrieben und sind auf ewig in den Herzen verschlossen.«

Ich nahm schnell Stift und Notizblock und schrieb auf, was der Admiral gerade gesagt hatte. Wenn ich ein Buch schreiben wollte, müßte ich langsam mit den Notizen beginnen.

»Danke, Martin.«

»Nichts zu danken, Admiral.«

»Ich muß Sie etwas fragen, Admiral«, sagte Paola.

»Fragen Sie nur.«

»Haben Sie sich mit den Jahren sehr verändert?«

Er schenkte sich Bourbon ein und nahm einen Schluck. »Eigentlich nicht. Natürlich bin ich älter geworden, habe mehr gelebt, aber ich habe immer noch den Schalk im Blick. Ich lese Gedichte und hänge meinen Träumen nach. Und ich glaube immer noch, daß das Leben ein kostbares Juwel ist, das wir jeden Tag streicheln sollten.« Er blickte durchs Fenster hinaus. »Wenn ich die Augen öffne, blickt der Mond mich an, der große, runde Wächter der Nacht, und dann frage ich mich: Richte ich mich mittlerweile nach Konventionen und nicht nach meinen Gewohnheiten? Habe ich erkannt, daß man nicht tiefer fallen kann, als wenn man seinen Traum in Gold und Silber verwandelt? Ich habe eine Weile geruht und auf mein Leben zurückgeblickt, nun, da ich die gläserne Wand durchschritten habe. Ich habe in nur einem Augenblick erkannt, wer ich bin und wovon ich träume.« Er drehte sich zu mir um und sagte:

»Das Lied des Meeres, Martin – endet es am Strand oder im Herzen desjenigen, der ihm lauscht?«

Ich schrieb die Worte des Admirals lächelnd nieder. »Ich glaube, es endet im Herzen desjenigen, der ihm lauschen will.«

»Ja, so ist es, mein Freund. Innere Ruhe finde ich genauso im Orkan wie in der Flaute. Und ich habe das Geheimnis des Lebens entdeckt, als ich auf einen Tropfen Meerwasser blickte.« Er hielt inne. »Ich glaube, jeder hat in sich selbst die Kraft, sein eigenes Schicksal zu gestalten. Es ist schwierig, sich selbst zu erobern, und oft geben wir auf. Aber vielleicht liegt die Wahrheit ja hinter der nächsten Ecke. Noch ein Schritt – vielleicht ist es der Schritt, der uns durch die Glaswand führt. So einfach ist das. Sie müssen nur die schönen Dinge nutzen, die das Leben Ihnen bietet.«

Paola sagte: »Aber was ist mit den Menschen, denen das Leben übel mitgespielt hat?«

»Das ist eine harte Nuß, Paola, diese Frage kann ich nicht beantworten. Aber würden Sie aufgeben und behaupten, daß die Welt Ihnen ein besseres Leben schuldet, nur weil Sie einen schweren Schlag erlitten haben? Besser, Sie nehmen Ihre Probleme an, sie sind Teil des Lebens; jeder hat hin und wieder Schwierigkeiten. Nehmen Sie sie als Herausforderung, als Grund zum Kämpfen und Siegen. Stellen Sie sich über Ihre Probleme, Paola, und Sie werden die innere Stärke entdecken, die Sie dazu brauchen. Kämpfen Sie dafür, das Land der tausend Träume zu erreichen.«

»Das Land der tausend Träume?« fragte ich.

»Ja. Ein Ort, der weit entfernt ist von der verrückten Masse, ein Ort, wo es nur Ihr wahres Selbst gibt, wo Sie Ihr inneres Licht entdecken und herausfinden, wer Sie wirklich sind.«

Die Weisheit des Admirals faszinierte mich. Ich werde nie unsere erste Begegnung vergessen, als er in der Abgeschiedenheit seiner Welt und in völligem Schweigen einhergesegelt war.

»Wir erinnern uns nicht mehr an die Sprache der Kindheit«, sagte er. »Deshalb wissen wir auch nicht mehr, daß wir selbst so groß sein können wie unsere Träume. Aber unser Herz ist frei, und wenn Sie den Mut haben, auf Ihr Herz zu hören, können Sie auch mit den Augen des Herzens sehen: die universelle Wahrheit, die nur das Lied des Kolibris ausdrücken kann oder der Regen, der die Blütenblätter einer Rose streichelt, oder die Welle, die sich bricht. Glück widerfährt uns nicht in einem einzelnen Augenblick, an einem Tag oder in einem bestimmten Jahr. Das Glück liegt im Erschaffen des eigenen Lebens, in der Reise zum wahren Ich.«

Die Mission

Wir waren glücklich über die Lehren des Admirals, aber wir hatten auch ein wenig Angst.

Er bat uns, ihn eine Weile allein zu lassen, und wir hatten das Gefühl, daß wir unsere Mission fast erfüllt hatten, daß es fast vorüber war. Warum? War die Restaurierung des Leuchtturms der einzige Grund, aus dem uns der Admiral so viel von seiner Zeit geschenkt hatte? Und was war mit dem Buch, das er mich zu schreiben bat? Wo sollte ich beginnen? Würden wir am Ende feststellen, daß dieser Mann geistig gestört war, und daß seine Obsession mit dem Leuchtturm ein Symptom dieser Krankheit war?

Paola und ich fuhren am späten Nachmittag zum Leuchtturm zurück. Dichter Nebel hing über den Klippen und tauchte die Szenerie in düstere Nacht. Wir mußten die Scheinwerfer anschalten, um den Weg zum Leuchtturm überhaupt zu finden.

Unten angekommen, war mir ganz mulmig. Was würde uns erwarten? Wir stürzten durch die offene Tür – im Erdgeschoß war niemand, also stiegen wir die Wendeltreppe hinauf aufs Wohndeck.

Eine Kerze brannte. Zuerst sahen wir nicht gut, dann aber gewöhnten sich unsere Augen an das Halbdunkel.

Der Admiral saß in seinem alten Lehnsessel und rauchte Pfeife wie so oft.

»Willkommen, Freunde. Kommen Sie, setzten Sie sich zu mir.«

Wir setzten uns.

»Was machen Sie da, Admiral?« fragte ich.

»Oh, ich warte …«

»Worauf?«

»Das werden Sie schon noch sehen.«

Er stand auf und blickte zum Fenster hinaus in den Nebel.

»Ich wollte Ihnen danken, Paola und Martin, daß Sie mir vertraut haben, daß Sie mir geholfen haben, meinen Traum wahr zu machen.«

»Wir danken Ihnen, daß Sie Ihren Traum mit uns geteilt haben«, sagte ich.

Paola stand auf und gab dem Admiral einen Kuß.

Er lächelte. »Ein wunderbares Gefühl, so zärtlich geküßt zu werden! Das erinnert mich an meine Elvira. Es ist so lange her ...« Er wischte sich schnell ein paar Tränen aus den Augen. »Aber, egal – hören Sie mir nun bitte aufmerksam zu.«

Paola und ich hielten uns an der Hand und warteten auf die Eröffnungen des Admirals.

»Schöne Paola, die Welt ist und bleibt allen Menschen ein Rätsel, und niemand hat Antworten auf alle Fragen, nicht einmal so ein alter Naseweis wie ich.«

Er drehte sich zu mir um. »Sind Sie immer noch der Meinung, ich sei verrückt?«

»Nein, Admiral, ganz und gar nicht!«

»Dann bin ich ja beruhigt.« Er lächelte. »Jeder Mensch kann die Welt besser machen. Jeder kann so groß sein wie sein Traum. Ich glaube, Sie wissen das. Und wenn Sie sich etwas ganz fest wünschen, geht es auch in Erfüllung.«

»Ja, Admiral.« Ich spürte, wie Paola meine Hand umklammerte.

Wieder sah er durchs Fenster.

»Was sehen Sie da draußen, Admiral?« fragte ich.

»Ach, nichts. Aber das Leben ist voller Überraschungen. Wer weiß, was die Herbstnebel bringen.« Er wandte sich wieder uns zu. »Das Leben ist vorbeigerast, aber seit ich meine Träume wiederentdeckt habe, ist es langsamer geworden. Es ist schön, sich jung zu fühlen, auch wenn der Körper unerbittlich die Zeichen der Zeit zeigt. Das können wir nicht ändern. Aber wir können diese Welt ein wenig weiser verlassen, als wir sie betreten haben – das ist das Geheimnis eines erfüllten Lebens. Das Geheimnis, zu wachsen, ohne zu altern. Das Geheimnis, Weisheit zu erlangen, ohne zu predigen.« Er hielt eine Weile inne und fuhr dann fort: »Ist es denn nicht schöner, sich irgendwo jung zu fühlen, als sich überall alt zu fühlen?«

»Ganz bestimmt«, sagte ich.

»Haben Sie Angst vor dem Tod, Admiral?« fragte Paola.

»Nein, der Tod schmerzt nicht. Aber ich habe Angst, daß ich nicht mehr in dieser wundervollen Welt leben darf, daß dieses tolle Abenteuer Leben ein für allemal zu Ende sein wird.«

Er wollte weitersprechen, doch durch den Nebel drang das Horn eines Bootes.

»Es ist Zeit!« sagte er.

»Zeit wofür?« fragte Paola.

»Martin, bitte helfen Sie mir, die Laterne anzuzünden. Schnell!«

Ich sah Paola verdutzt an.

Sie lächelte. »Geh schon!«

»Aber das Leuchtfeuer funktioniert doch gar nicht mehr ...«

Der Admiral sah uns an. »Paola? Martin?«

»Was ist?« Ich bekam Panik.

»Schließen Sie die Augen!«

»Was?«

»Schließen Sie die Augen, Martin. Sie auch, Paola! Bitte! Jetzt!«

Wir sahen uns wieder an, dann schlossen wir die Augen.

»Ich möchte nun zu Ihren Herzen sprechen, zu Ihrem inneren Licht. Träumen Sie, Freunde! Glauben Sie an die Kraft Ihres Traums, an die Macht der Liebe, denn die Macht der Liebe kann jeden Konflikt lösen, sie kann jede Distanz verringern, und sie scheint durch jede Wand aus Glas!«

Ich erinnere mich nicht mehr genau, was dann passierte. Ich spürte jedenfalls, wie Paola meine Hand packte, unsere Augen waren immer noch geschlossen. Ich fühlte einen Frieden wie nie zuvor.

»Und jetzt machen Sie die Augen wieder auf!«

Wir standen immer noch am selben Platz, doch es war ein Wunder geschehen: Der Leuchtturm war kein altes, restauriertes Gebäude mehr – er war wie neu, als hätte die Zeit ihm nichts anhaben können. Er sah genauso aus wie der Leuchtturm, den der Admiral immer gemalt hatte.

»Jetzt, Martin!«

»Was geht denn hier vor?« fragte Paola ganz erschrocken über die Veränderungen.

»Keine Angst!« sagte der Admiral. »Trauen Sie Ihren Augen nicht, sie begrenzen nur Ihre Wahrnehmung. Schauen Sie mit dem Herzen, durchbrechen Sie die gläserne Wand, und erkennen Sie, was Ihr Herz immer schon weiß.«

Ich stürzte zum Admiral, der eine Streichholzschachtel in der Hand hielt und das Leuchtfeuer entzünden wollte.

Wieder ertönte aus der Ferne das Nebelhorn.

»Beeilen Sie sich, wir haben nicht mehr viel Zeit!« sagte der Admiral.

Wir rannten hinauf in den Wachraum direkt unterhalb des Laternendecks; dort wurden Benzin und andere Materialien gelagert, dort machte der Leuchtturmwärter die Lampen bereit, dort wachte er, dort war auch der Rotor des Leuchtfeuers. Wir nahmen einen Kanister und stürzten aufs Laternendeck. Wir leerten Benzin in den Lampenfuß aus Messing und zündeten nacheinander die Dochte an.

Ich traute meinen Augen nicht. Das Leuchtfeuer strahlte durch den Nebel übers offene Meer weit bis zum Horizont, der Reflektor verströmte gleichmäßiges gelbes Licht.

Der Admiral lief zu den Armaturen und schaltete das Nebelhorn ein, das auch gleich laut dröhnte.

»Wird das dem Boot helfen?« fragte ich.

»Ich hoffe es.« Aus seinen Augen jedoch sprach die Angst.

Wir gingen zum Fenster und sahen, daß ein kleines Boot in gefährlicher Nähe zu den Klippen fuhr. Es wäre fast ein Wunder, wenn der Kapitän das Leuchtfeuer im dichten Nebel sehen würde.

»Was sollen wir tun?« Der Admiral verlor beinahe die Fassung.

»Abwarten«, sagte ich.

Wir schwiegen gebannt. Was würde passieren, wenn das Boot das Signal nicht sah? Und die Klippen waren so nahe …

Dann lichtete sich der Nebel für einen Augenblick, und wir sahen, wie das Segelboot direkt auf die Klippen zusteuerte.

Der Admiral lenkte den Strahl auf das Boot.

»Wird alles gutgehen?« fragte Paola.

»Gutgehen? Wie soll das gutgehen?« sagte ich. »Sie sind schon zu nahe an den Klippen, sie werden zerschellen.«

Doch während ich voller Angst auf diesen Moment wartete, lenkte der Admiral den Strahl wieder aufs offene Meer und blies hartnäckig das Nebelhorn. Und im Bruchteil einer Sekunde nahm der Kapitän des Boots die Warnung auf. Wir hörten, daß er den Motor voll aufdrehte, sahen, wie er drehte und dem Licht von der Küste weg folgte. Nun hatte er doch noch in letzter Minute die Klippen umschifft und fuhr die kleine sichere Bucht unterhalb des Leuchtturms an.

»Jawohl!« rief ich. »Sie haben die Leute gerettet, Admiral! Sie haben es geschafft!«

Tränen standen dem Admiral in den Augen, auch Paola und ich weinten.

Der Admiral sah aus wie sein eigener Geist, als hätte sein letzter Versuch, das Boot zu retten, alles Leben aus ihm gesaugt.

»Der Winter ist da«, sagte er nach einer Weile. »Zeit, sich von dieser wunderbaren Welt zu verabschieden, Zeit, dem Leben zu danken, mit dem ich gesegnet war. Aber auch Zeit, euch jungen Leuten zu sagen, daß man nur einmal lebt. Durchbrechen Sie die Wände aus Glas, die Sie einschränken und verhindern, daß Sie den Sinn Ihres Lebens sehen.«

Ich bekam Angst. Wir waren dabei, diesen Mann zu verlieren, dabei hatte ich doch noch so viele Fragen an ihn!

»Und wenn der Rest der Welt anderer Meinung ist?«

Er lächelte. »Martin, ich habe gesehen, wie Sie aufs Meer blikken. Ich weiß, daß Sie die Wahrheit hinter der gläsernen Wand gesehen haben, das Wunder, den Traum. Ihre Liebe zur See dauert ewig, wie die meine. Vergessen Sie das nicht!«

»Nein, das werde ich nicht vergessen.«

»Gut. Wenn Sie sich die Mühe machen und über Ihre Entdekkungen nachdenken, und wenn Sie zu dem Schluß kommen, daß es besser für Sie ist, danach zu leben, dann sollten Sie das auch tun. Oder?«

»Ja, Admiral.«

Er kam zu uns und legte Paolas und meine Hände ineinander.

»Die Falten in meinem Gesicht sind Spuren eines Lebens ohne Reue, eines Lebens voller Lachen und voller Tränen. Ich hoffe, daß Sie das eines Tages, wenn Sie in Ihrem Winter angekommen sind, auch über Ihr Leben sagen können.«

Er hatte recht. Ich war fasziniert von diesem Mann, der sich selbst Admiral nannte. Er war nicht nur so etwas wie ein Dichter, er war auch ein Mann, der das Richtige erkannte und tat, egal, wie lange er dazu brauchte.

Aber wir waren wirklich dabei, ihn zu verlieren, seine Mission war erfüllt, wie er uns einmal gesagt hatte. Aber all die unbeantworteten Fragen …

Paola nahm seine Hand.

»Gewöhnen Sie sich nicht an das Leben. Betrachten Sie jeden Tag als einen Neuanfang, als eine einzigartige Gelegenheit, etwas Neues zu entdecken. Und haben Sie keine Angst vor Ihrem wahren Selbst. Durchbrechen Sie die gläserne Wand, und finden Sie heraus, wer Sie wirklich sind. Aber vor allem, Paola, glauben Sie immer an die Liebe, die wahre Liebe ist ein seltenes Gut.«

Er wandte sich an mich. »Sie müssen mir etwas versprechen, Martin.«

»Was immer Sie wollen, Admiral.«

»Schreiben Sie auf, was Sie erlebt haben. Verleihen Sie meinen

Gefühlen, meinen Gedanken Leben, und lassen Sie sie mich mit der Welt teilen.«

»Ja, das verspreche ich.«

»Danke.« Er küßte uns beide zärtlich auf die Wange und ging zu seinem alten Sessel.

Ich zitterte. Ich nahm Paola in den Arm. Sie zitterte auch. Wir waren sprachlos.

War alles nur ein Traum gewesen?

»Admiral?«

Wir drehten uns um. Wo der Admiral noch Sekunden zuvor gesessen hatte, war niemand mehr. Die Pfeife lag immer noch im Aschenbecher, ein dünnes Buch lag auf dem Sessel.

Wir sahen einander an. Wir brachten kein Wort heraus, rannten zum Fenster und sahen zum Strand hinunter.

Dort unten spazierte der Admiral zu dem Segelboot, das nun sicher in der Bucht ankerte. Eine ältere Dame stand im Bug und winkte dem Admiral zu. Langsam watete er durchs Wasser zum Boot und ließ sich von der Dame an Bord helfen. Sie umarmten sich lange. Dann drehte sich der Admiral um und winkte uns zum Abschied.

Paola warf sich bestürzt in meine Arme. Sie weinte. Ich versuchte meine Tränen zurückzuhalten, und trocknete ihre Wangen.

Und in dem Zauber, der einen einzigartigen Moment der Wahrheit umgibt, begriff ich, daß wir noch eine letzte Sache tun mußten.

»Tu es, Prinzessin.«

»Danke.« Sie weinte noch immer, aber nun aus Verwunderung.

Sie ging zum Leuchtfeuer und lenkte den Strahl mit all ihrer Kraft durch den Nebel zum Horizont, hin zu dem Ort im Universum, wo der Admiral und Elvira nun zu der Welt ewigen Glücks segeln würden.

Das Logbuch

Das Logbuch – es ist nicht nur ein Buch, es ist die heilige Schrift eines Leuchtturmwärters. Wie in einem Tagebuch schreibt er dort seine Berichte nieder, nicht nur die Berichte über ein- und auslaufende Schiffe, über Nebel am Morgen und Sonne am Nachmittag, nein, dort steht die Geschichte des Lebens selbst geschrieben.

Die Geschichte des Hüters des Lichts.

Ich fürchtete mich davor, es aufzuschlagen, aber schließlich begann ich zu blättern. Es war voller Angaben über das Wetter und über die Schiffe, die passiert hatten. Die letzten Seiten waren markiert, neugierig schlug ich sie auf. Und da stand:

Lieber Martin, liebe Paola,

Freunde sind wie kostbare Edelsteine. Danke, daß Sie mir geholfen haben, noch einmal über das Licht zu wachen. Sie haben mich zurückgeholt aus meiner Nacht, und dank Ihnen habe ich die letzte gläserne Wand meines Lebens durchschritten.

Ich wäre gerne auch physisch ewig bei Ihnen geblieben, aber Sie wissen, daß ich gehen mußte. Elvira wartet auf mich.

Ich habe Sie bedingungslos geliebt und fordere dafür keine Gegenleistung, ich werde Sie immer lieben und bin Ihnen ewig dankbar, daß Sie mich noch einmal träumen ließen. Wo immer ich bin, und wo immer Sie sind, ich werde immer bei Ihnen sein.

Und in diesem Sinne hinterlasse ich Ihnen noch ein paar Gedanken und Ratschläge.

Denken Sie immer daran, daß Sie ohne alles auf diese Welt gekommen sind – nur mit einem Herzen voller Träume und der Pflicht, diese Träume auch wahr werden zu lassen. Ich hoffe, Sie werden diese Welt mit nichts als schönen Erinnerungen und erfüllten Träumen verlassen.

Das Glück liegt in der Reise. Teilen Sie Ihre Träume mit denen, die Sie lieben, und auch mit jenen, die Sie nicht lieben. Manchmal ist es wichtiger, freundlich zu sein, als recht zu haben.

Ich habe herausgefunden, daß es keine Rolle spielt, wie lange die Suche dauert, wichtig ist, daß es Ihnen gutgeht auf der Reise. Zeit ist eine Erfindung des Menschen, Träume jedoch sind zeitlos; das sollten Sie durch Ihr eigenes Leben beweisen. Wenn man an etwas glaubt, kann man es auch wahr machen. Durchbrechen Sie die gläsernen Wände, die Sie umgeben, strecken Sie Ihre Flügel aus, und fliegen Sie, so hoch Sie nur können. Und wenn Sie glauben, dem Abgrund nahe zu sein, müssen Sie keine Angst haben – gerade dann sollte man nach den Sternen greifen.

Unterschätzen Sie niemals den Wert, der in den kleinen, einfachen Dingen des Lebens liegt, denn eines Tages werden Sie zurückblicken und erkennen, daß es große Dinge waren. Die Welt ist Ihr Spielplatz, also spielen Sie heute, nicht morgen. Machen Sie nicht den Fehler und warten bis fast zu Ihrem Tod, bevor Sie den Duft einer Rose riechen, bevor Sie mit einem Kind oder mit einer summenden Biene lachen. All diese Dinge sind immer da, sie sind für Sie da, damit Sie sich daran freuen.

Denken Sie immer an das kostbare Licht, das Ihnen mit auf den Weg gegeben wurde, das Licht, das in Ihren Herzen scheint. Führen Sie andere in den sicheren Hafen. Und wenn Sie am Morgen erwachen, schalten Sie dieses Licht an. Ein wunderbarer, einzigartiger Tag liegt vor Ihnen, er wartet nur auf Sie, er läßt sich nicht wiederholen.

Atmen Sie, lachen Sie, weinen Sie! Leben Sie!

Fliegen Sie, fliegen Sie hin zu Ihren Träumen. Je mehr an guten Dingen es gibt, desto schöner!

Und wissen Sie was? Ich vermisse es schon jetzt, das Leben. Ich bin noch nicht mal gegangen, aber es fehlt mir schon. Mein Gott, wieviel Schmerz kann das Herz ertragen?

Vergeuden Sie nicht Ihre kostbare Zeit, aber Sie dürfen ruhig auch manchmal faul sein und das Leben in kleinen Schlucken genießen.

Im Leben geht es nicht darum, schnell zu sein.

Sprengen Sie alle Ketten, die Sie daran hindern zu sein, was Sie sein wollen, aber verletzen Sie andere nicht, die Sie lieben. Lernen Sie zu erkennen, wann Sie einer Person Schmerz zufügen und wann diese Person sich selbst Schmerz zufügt, weil sie nicht versteht, warum Sie tun, was Sie tun. Vielleicht hat dieser Mensch seine Wand aus Glas noch nicht durchbrochen und kann nicht fliegen.

Wir müssen alle sterben, aber nicht alle können auch leben. Sie müssen gegen die gläserne Wand in Ihrem Herzen anrennen. Ich habe Ihnen gezeigt, wie hell das Leuchtfeuer scheinen kann, wenn es die Glaswand durchdringt, die zwischen ihm und dem ganzen Universum steht.

Vielleicht ist das Licht Ihrer Herzen noch nicht hell genug, aber es ist sehr viel klarer und wahrer.

Ich glaube, das einzige Risiko im Leben ist, gar nichts zu riskieren. Man kann gewinnen oder verlieren, aber man hat es wenigstens versucht. Wenn man nichts tut, stirbt man bei lebendigem Leib ab. Hüten Sie sich vor falschen Versprechungen, die angeblich Sicherheit garantieren, denn sie bringen keine Freiheit, sondern machen Sie zu Sklaven.

Behalten Sie Ihre Ängste für sich, teilen Sie hingegen Ihren Mut anderen mit. Wer Sonnenschein ins Leben anderer bringt, dem scheint die Sonne auch selbst.

Passen Sie auf die Liebe auf, mit der Sie gesegnet sind, und lassen Sie sie in alle Ewigkeiten andauern.

Auf ewig,

Ihr Freund

Samuel

Ich blätterte um und las weiter.

Liebe Elvira,

ich spüre nun, wie die Jahre an mir gezehrt haben. Ich kämpfe gegen den Tod an, aber ich weiß, daß er da ist, er ist nah, er wartet am Ende des Wegs. Heute nacht habe ich von Dir geträumt, ich träumte, Du wärst gekommen, um mich zu holen, und dann wären wir wieder Hand in Hand gegangen wie früher.

Ich glaube, daß wahre Liebe die Zeit überdauert und den Raum überwindet. Wir werden wieder zusammen segeln, Elvira, und wenn Du lächelst, wird mir wieder das Glück zulächeln. Wir werden zusammen Muscheln sammeln und einen Leuchtturm im Sand bauen. Das Kind in uns wird uns den Weg zeigen. Das weiß ich.

Ich habe lange geschwiegen, doch heute kam ein junges Paar zu Besuch. Paola ist ein wundervoller Mensch, sie ist wunderschön, und sie hat ein großes Herz. Aber sie hat Angst, und vielleicht kann sie die gläsernen Wände nie durchbrechen. Sie erinnert mich an mich selbst. Ich weiß, daß Du nie damit einverstanden warst, daß ich schweige und nur mit Dir spreche, aber Du hast meine Entscheidung akzeptiert, und dafür bin ich Dir auf immer dankbar. Nun hat das Licht des Vertrauens mein Herz wieder erleuchtet – jener Surfer, der mich zum Leuchtturm zurückgebracht hat; er ist ein Träumer! Und seine Freundin ist eine Traumschöpferin, wie ich. Ich habe das Gefühl, daß ich mit ihnen sprechen, ihnen zeigen sollte, wie wichtig es ist, zu lieben und geliebt zu werden. Sie will mir helfen, den Leuchtturm noch einmal zum Strahlen zu bringen, ein letztes Mal. Für Dich.

Und der Surfer hat mir versprochen, über uns zu schreiben. Ich hoffe, er wird all die wundervollen Dinge zu Papier bringen, die Du mich gelehrt und mit mir geteilt hast und die wir immer auch anderen mitteilen wollten, jenen anderen, die gewillt sind, ihre Wände aus Glas zu durchbrechen und zu fliegen. Dann werden Deine Lehren, unsere Träume und meine Träume für immer in den Herzen anderer Menschen lebendig sein. Und sie werden auch niedergeschrieben, damit sich die Welt daran freuen kann.

O Elvira, alte, treue Partnerin eines Leuchtturmwärters! Ich sehe Dich und spüre Dich so deutlich wie die Wellen. Wann werden wir wieder zusammensein? Wann holst Du mich? Wann kommst du endlich aus dem Nebel und bist wieder bei mir? Unser Leuchtturm sieht großartig aus, ich weiß, daß Du ihn auch sehen kannst. Ich hoffe, Du freust Dich. Bei der Restaurierung habe ich gelernt, daß die Liebe und nicht die Zeit alle Wunden heilt.

Ich warte auf Dich, Elvira. Und während ich geduldig warte, begreife ich etwas, das Du mir vor langer Zeit schon sagtest: Das Leben mit all seinem Schmerz und seinem Leid, mit all seinen Enttäuschungen und Herausforderungen ist und bleibt wunderbar. Besser, als gar nichts zu fühlen, ist es, zu fühlen, egal, ob dieses Gefühl schön oder schmerzlich ist.

Nachwort

Ich lebe nun mit Paola in einem kleinen Haus an einem wunderbaren Surfplatz im Süden Chiles, hundert Schritte von einem alten, zerfallenen Leuchtturm entfernt. An diesem Ort ließ ich mich gewissermaßen nieder, nachdem ich die Welt auf der Suche nach der perfekten Welle so oft umrundet hatte. Dieser Ort ist meine Heimat.

Aber ich kann mein Herz nicht belügen. Ich werde immer weiterreisen und neue Wellen suchen, neue Orte, neue Meere. Denn ich weiß nun besser denn je, daß das Glück nicht am Ende des Wegs liegt, sondern daß die Reise selbst das Glück ist.

Vielleicht hat sich auch meine Sicht der Welt verändert. Ich habe gelernt, mehr zuzuhören und weniger zu reden – wir haben zwei Ohren, aber nur einen Mund. Ich habe gelernt, meine Fehler und auch die Fehler der anderen anzunehmen. Ich habe sogar gelernt, ein Steuerformular auszufüllen.

Trotzdem bin ich immer noch derselbe: das große Kind, das wundervolle Träume hat und das Leben wunderschön findet. Das Kind, das weiß, daß es das Wichtigste im Leben ist, jede Sekunde zu nützen und zu genießen.

Unser Haus ist nicht groß oder stattlich, es ist einfach ein Zuhause mit einem unbezahlbaren Blick aufs Meer. Ich wurde in eine Generation hineingeboren, die begriffen hat, daß Geld innere Ruhe schenkt, aber nicht zu wahrem Glück führt. Wir sind eine Generation nicht religiöser, aber spiritueller Individuen. Wir haben gelernt, Gott nicht nur in der Kirche zu suchen, sondern auch in unseren Herzen und in den Menschen, in der Schönheit der Natur und im Durchbrechen der gläsernen Wand, die unsere Unwissenheit errichtet.

Die schönsten Dinge im Leben sind nicht käuflich. Zum Beispiel, sich am Abend in ein weiches Kissen zu kuscheln. Zum Beispiel, mit dem Partner die Wärme und das Licht eines Kaminfeuers zu genießen. Oder anderen zu helfen, sich eine Zukunft aufzubauen, ohne eine Gegenleistung dafür zu verlangen.

Mein Unternehmen in Lima läuft gut und gedeiht prächtig. Adolfo führt die Geschäfte nun alleine. Auch er ist ein Träumer, und ich weiß, daß er mit Janets und Fabiolas Hilfe vielen Menschen helfen kann, ihre Ziele zu erreichen. Es macht mich glücklich, wenn ich sehe, daß alles möglich und machbar ist, daß man die Welt wirklich besser machen kann, wenn man sich ein Ziel steckt und nicht vergißt, warum man es tut. Das gibt mir Hoffnung. Dafür danke ich dem Leben.

Immer wieder blicke ich zum alten Leuchtturm und denke an den Admiral. Er ist gegangen, und nur Gott allein weiß, wohin. Ich weiß, daß er an der Seite seiner geliebten Elvira glücklich ist. Sie ritzen Gedichte in Bäume und lieben sich mit einer Zärtlichkeit, die Liebe und Weisheit jenen verleihen, die das Leben als Abenteuer betrachten und im Grunde ihres Herzens immer Kinder bleiben.

Paola und ich wollen niemandem erzählen, was in jener Nacht geschah, als ein alter Leuchtturm und ein Leuchtturmwärter uns die schönste Lektion im Leben geschenkt haben: daß alles machbar ist – auch gegen alle Widrigkeiten –, wenn wir die gläsernen Wände unseres Lebens durchbrechen und die Dinge mit wahrem Verstehen und im wahren Licht betrachten können.

Ich weiß heute, daß der Admiral nicht nur Leuchtturmwärter war; er war einer jener einzigartigen Menschen, die ich »Hüter des Lichts« nenne. Und solange solche Menschen unter uns sind, werden wir sie auch ein- oder zweimal im Leben treffen. Auch das gibt mir Hoffnung.

Das Buch, das ich dem Admiral versprochen habe, ist fast geschrieben. Seine Weisheit gab mir die Kraft, zu Papier zu bringen, was seine geliebte Elvira in Baumstämme und ins Herz des Admirals eingeritzt hat.

Ich blicke aufs Meer hinaus. Paola kommt über die Klippen, sie geht barfuß durch den Regen und durch den Sand, ihr wunderschönes goldbraunes Haar fällt auf ihre Brust. Sie hat den ganzen Morgen Muscheln für ein ganz besonderes Mosaik gesucht. Ich glaube ihr, wenn sie sagt, ihr Traum sei in Erfüllung gegangen. Ich habe sie nie glücklicher gesehen.

Und während ich von dieser wunderbaren Frau träume, die ich so tief liebe und die es geschafft hat, ihre Wände aus Glas zu durchbrechen und ihr Leben zu lieben, blicke ich auf die großartige Dünung, die sich an den Felsen vor unserem Heim bricht. Sie flüstert mir zu, daß ich lebe, daß der Traum weitergeht, solange wir das Leben mit dem Herzen betrachten.

So ist das Leben, so soll es sein.

Kann ich denn mehr verlangen?

Sergio Bambaren – Die Geschichte eines Träumers

Sergio Bambaren Roggero wurde am 1. Dezember 1960 in Lima, Peru, geboren, wo er auch die britische High School absolvierte. Bereits von frühester Kindheit an war er fasziniert vom Ozean, der untrennbar mit dem Stadtbild Limas verbunden ist. Diese Liebe zum Wasser sollte ihn für den Rest seines Lebens entscheidend prägen und ihm u. a. den Anstoß geben, sich auf das Abenteuer eines Lebens als Schriftsteller einzulassen.

Seine Freude am Reisen und seine Begeisterung für andere Länder führten Bambaren in die USA, wo er an der Texas A & M University Chemotechnik studierte. Ein Gebiet, das ihn sehr interessierte – doch seine große Liebe war und blieb der Ozean. Um so oft wie möglich seiner Leidenschaft, dem Surfen, frönen zu können, reiste er mit Vorliebe in Länder wie Mexiko, Kalifornien, Chile oder Peru.

Schließlich entschied Bambaren sich, nach Australien, genauer nach Sydney, auszuwandern, wo er als Verkaufsleiter arbeitete. Auch von der neuen Heimat aus unternahm er viele Reisen, u. a. nach Südostasien und an die afrikanische Küste – immer auf der Suche nach der perfekten Welle.

Nachdem er einige Jahre in Sydney gelebt hatte, legte Bambaren ein *sabbatical*, d. h. einen Forschungsurlaub, ein, um nach Europa zu reisen. In Portugal schließlich, an einem herrlichen Strand, eingerahmt von Pinienwäldern, fand Bambaren einen ganz besonderen Freund und erkannte, welchen Weg im Leben er zu gehen haben würde: Ein einsamer Delphin inspirierte ihn dazu, sein erstes Buch, »Der träumende Delphin. Eine magische Reise zu dir selbst«, zu schreiben.

Als er wieder nach Sydney zurückkehrte, erhielt Sergio Bambaren ein Angebot von Random House Australia, seinen Roman zu verlegen, doch er schlug es aus, da er das Gefühl hatte, die Änderungen, die der Verlag vornehmen wollte, würden den Inhalt und die Botschaft seines Buches zu sehr verfälschen. Er entschied sich 1996, sein Buch im Selbstverlag herauszubringen.

Diese Entscheidung veränderte Sergio Bambarens Leben grundlegend: Er verkaufte in Australien mehr als 60000 Exemplare von »Der träumende Delphin«. Der Traum, ein Leben als Schriftsteller zu führen, begann endlich Form anzunehmen.

»Der träumende Delphin« wurde mittlerweile in fünfundzwanzig Sprachen übersetzt, u. a. in Russisch, Kanton und Slowakisch. In Deutschland steht der Titel seit Jahren auf der Bestsellerliste des »Buchreports«. Ähnlich gute Ergebnisse erzielte er u. a. in Lateinamerika und Italien.

Ebenso begeistert wurden auch seine anderen Bücher aufgenommen: »Ein Strand für meine Träume«, »Das weiße Segel«, »Der Traum des Leuchtturmwärters«, »Samantha«, »Die Botschaft des Meeres« und das Weihnachtsmärchen »Stella« – alle Titel, die Bambaren schrieb, wurden in vielen Ländern zu großen Erfolgen.

Sergio Bambarens großes Interesse am Ozean und sein Anliegen, sämtliche Walarten zu schützen, machten ihn zum idealen Kandidaten für den Posten des Vizepräsidenten der ökologischen Organisation »Mundo Azul« (Blaue Welt). Seither bereist Bambaren im Auftrag dieser Organisation die verschiedensten Länder, mit dem Ziel, die Ozeane und ihre Lebewesen zu erhalten. In Zusammenarbeit mit »Dolphin Aid« setzt er sich mit Therapieformen auseinander, bei denen der Kontakt von zurückgebliebenen Kindern zu Delphinen für bessere Heilungschancen sorgen soll.

Sergio Bambaren lebt zur Zeit wieder in seiner Heimatstadt Lima, Peru, wo er, wenn er gerade nicht reist, am liebsten surfen geht – umringt von Delphinen mit den Wellen eine Einheit zu bilden gibt ihm die Inspiration und Energie, weiterhin für all diejenigen zu schreiben, die wie er irgendwann in ihrem Leben beschlossen haben, nach dem Motto zu leben »Laß dich nicht von deinen Ängsten daran hindern, deine Träume wahr zu machen!«.

PIPER

Sergio Bambaren

Die Zeit der Sternschnuppen

Aus dem Englischen von Clara Lind. 151 Seiten
mit 10 farbigen Illustrationen von Dave Cutler. Gebunden

Die klügsten Theorien haben wir heute parat, wenn es um das Firmament mit seinen blitzenden Lichtern geht. Doch keine Logik der Welt kann den romantischen Zauber einer Nacht erklären, die von funkelnden Sternbildern erhellt wird. Nichts kann die magische Kraft des Vollmonds belegen oder beweisen, wie eine einzige Sternschnuppe dafür sorgt, daß in allen Ländern der Erde gleichzeitig Träume in Erfüllung gehen und Liebende zueinanderfinden. Denn dafür braucht es viel mehr: Achtsamkeit, Hoffnung und die Bereitschaft zu glauben. Das weiß auch Chandra, ein alter Sherpa: Während einer Nacht unter freiem Himmel auf fünftausend Metern weiht er den Erzähler in sein Wissen ein. Chandra offenbart ihm mehr über die Wunder des Universums, als er je für möglich gehalten hätte – mit den einfachsten Worten, aber der Weisheit des Herzens.

01/1378/01/L